幼馴染のVTuber配信に出たら超神回で人生変わった

(·)) LIVE

レイ☆アズリル

michinoclover presents illustration by tapioka

道野クローバー

ILL. たぴおか

CHARACTERS

ルイ・アスティカ

類のガワ。
天才少年……という
設定だった。

宮坂(みやさか) 類(るい)

フリーター。
ゲームが好きな陰属性。

羽石(はねいし) 彩花(あやか)

類の幼馴染で大学生。
天真爛漫。

幼馴染のVTuber配信に出たら超神回で人生変わった

michinoclover presents
illustration by tapioka

道野クローバー　ILL.たぴおか

CONTENTS

プロローグ
うまうま
とんこつ

十月某日、平日の真っ昼間。つい昨日、人気VTuber事務所『スカイサンライバー』から新人ライバーとしてデビューした俺、『ルイ・アスティカ』は謝罪配信を行っていた。

「……あー。あーあー。聞こえるでしょうか皆様。どうも、ルイ・アスティカです。まずは昨日、配信の切り忘れにより、大変お見苦しいところをお見せしました……本当に申し訳ございませんでした！！！！！」

謝罪の言葉を言ったのと同時に、俺はモニターへと頭を下げる。それと連動して、画面の中のキャラクター、ルイも萎縮するように縮こまった。その後、ゆっくり顔を上げてコメント欄を確認すると、視聴者からは【草】と大量のコメントが投下されていた。流れるスピードが速すぎて、名前なんか視認出来ないほどだ。

「それで今後はこういったことがないよう、十分に……アレします！　えっと……指差し確認とか！」

魔道士の格好をした、強キャラ漂うキャラクターからはとても似合わない『指差し確認』というワードが面白かったのか、コメントは【現場の猫かよ】や【ヨシ！】などのツッコミが流れてくる。もちろんそんなコメントを拾い上げる余裕もなかった俺は、続けてマネージャーさんに報告するよう言われていたことを、視聴者の皆に伝えていた。

「えー、それで非公開にしていた、初配信のアーカイブも公開しました！　多分もう見れるよ

ww
よりも先に謝罪配信を行なった
ヨシ！
キャラ崩壊早
草
謝罪は面白すぎる
草

うになっていると思います！」

言うと視聴者は【ありがとう】【助かる】と感謝を伝えてくる他、【ラーメンのシーンは？】【啜る〜！　のシーンはカットしないでください!!】と、放送事故の起こった場面が切り取られてないかどうかを聞いてくるコメントも大量に流れていた。『ラーメン』という単語で、忌まわしい記憶が呼び起こされた俺は、たまらず大きな声を上げていて……。

「ラーメンラーメンラーメンうるさいよ君達は!!」

そんな俺の反応に、また視聴者は【草】と、新しいおもちゃを与えられた子供のように（案外これ比喩表現じゃないかもしれない）コメントを流してはしゃいでいた……はぁ。ＶＴｕｂｅｒになると決心した以上、与えられたキャラクターをちゃんと演じて。クールで最高にカッコいい姿を見せていくはずだったのに……。

どうして……どうしてこうなった？

〔一章〕幼馴染がVTuberになっていた

――三ヶ月前。

数年ぶりに幼馴染の部屋に上がった俺、宮坂類は酷く驚いていた。壁には魔術師のような格好をした青髪タレ目の美少女キャラのポスターがあちこちに貼られており、何台も並んだモニターの前には、高そうなスタンドマイクが置かれてあったからだ。

「ねぇねぇ、どう？　可愛いでしょー？」

自慢げに色々と見せびらかしてくるこいつは、この部屋の持ち主である羽石彩花だ。彩花は俺の幼馴染で、大きなブラウンの瞳と赤みがかったボブヘアが特徴的な、明るく健気な少女である……まぁ十九歳の幼馴染のことを少女と呼んでいいのかは、甚だ疑問ではあるが。

でも俺のオタク趣味や捻くれた性格をよく理解してくれる彼女は、数少ない友人の一人だった。だから昔は毎日遊ぶほど仲が良かったのだが……中学を卒業した辺りからは、たまにやり取りする程度で終わっていた。

だからこうやって顔を合わせて遊ぶのは、かなり久しぶりのことなんだけど……ツッコミどころが多すぎて、何から話せばいいか分からないな。

「いや、彩花。何だこれ、マイクとかあるし……実況者にでもなったのか？」

「ふふ、ちょっと違うよ、類。私はＶＴｕｂｅｒになったんだよ！」

「ＶＴｕｂｅｒ？」

ＶＴｕｂｅｒって、話には聞いたことあるけれど……そこまで詳しくは知らないんだよな。大きなライブをやったりだとか、投げ銭（スパチャ）の額が話題になったりするのは、たまに耳に入ってくるんだけど。

「ＶＴｕｂｅｒってそんな簡単になれるものなのか？」

「うん、私の場合はオーディションで採用されたから、立ち絵とかそこらへんは運営さんが用意してくれたんだー」

「いつの間にそんなことを……ってまさか」

改めて俺は、壁に貼られている美少女キャラクターのポスターに視線を向ける。すると彩花（あやか）は満足そうに大きく頷（うなず）いて。

「そう、私はこの『レイ・アズリル』ってキャラの中の人をやってるんだ！」

「……あははっ！　マジか、全然似てないのに！」

「そっ、それは当たり前でしょ⁉　ＶＴｕｂｅｒなんだからさ！」

彩花（あやか）は恥ずかしいのか怒っているのか分からないが、顔を赤くしながら俺に言ってきた。確かにそれは分かるんだけど、このキャラクターと彩花（あやか）の髪の色とか、格好が違いすぎて面白かったんだよな。まぁ何にでもなりたいようになれるのが、ＶＴｕｂｅｒの良さなんだろうけど。

そして彩花（あやか）は話を変えるように、俺にこんな提案をしてきて。

「そんなことより類（るい）、ゲームしようよ！　そのために類（るい）を誘ったんだからさ」

「おお、いいじゃん。やっぱゲームってオンラインより、隣でやる方が面白いもんな」

「でしょでしょ？　じゃあ準備するから、ちょっと待ってて！」

そう言って彩花はモニター前のピンク色のゲーミングチェアに座り、カチッとパソコンを起動させた……ん？　ＰＣゲーでもやるつもりなのか？　いや、まさかこいつ……。

「お前、配信する気か？」

「……ダメ？」

「駄目に決まってんだろ。俺は配信しに来たわけじゃないんだ」

俺は彩花と遊ぶためにここへ来たのであって、レイなんたらと遊びに来たわけじゃない。そもそもＶＴｕｂｅｒやってることなんて、今日初めて知ったし……だけど彩花は懇願するように、両手を合わせて。

「いや、お願いだよ類！　面白い友達連れて配信するって、昨日視聴者に言っちゃったんだ！」

「まーたそんな勝手なことを……そもそもなんで俺なんだよ。ＶＴｕｂｅｒなら他のＶＴｕｂｅｒとやればいいだろ？」

「だって、放送で類のこと喋っちゃったんだもん！　めーっちゃ強いゲーマーの友達がいるんだって自慢しちゃったんだもん！」

「はぁ、マジかお前……」

……忘れていたけど、こいつはそういうヤツだったな。俺のゲームの腕を認めてくれて、目を輝かせて称賛してくれる純粋なヤツ。だから褒められ慣れてない俺はそれが気持ちよくて、こっそり裏技とかを練習しては、彩花に見せびらかしてたんだよな……うっ、黒歴史が蘇ってくる。

「そこまでしてたのか……ちょっとチャンネル見せてみろ」

「だから頼むよ、類ぃー！　実はもう予約枠も取ってるんだよー！」

「あ、うん。いいよ！」

俺は彩花の後ろに立って、モニター画面を覗いた。世界的に有名な動画サイト『ＹｏｏＴｕｂｅ』のトップ画面からその『レイ・アズリル』チャンネルまで飛び、そこに表示されていたチャンネル登録者数が……。

「40・３万人……⁉　そ、そんなに人気だったのかお前⁉」

「まぁね！　でも、事務所の力もかなり大きいけどさー」

「にしてもこの数字はすげぇよ……というか事務所って？」

「ああー。類が知ってるか分からないけど『スカイサンライバー』って事務所で……」

「え、聞いたことあるぞ⁉」

ＶＴｕｂｅｒに疎い俺でも聞いたことのある事務所だ。確かＶＴｕｂｅｒ事務所にしては珍しく、男女のライバーが所属しており、そのライバー数は百人を超えるという……そんな凄いところに彩花が入っていたなんてな。

そして彩花は配信のページを見せてきて。

「ほら見て見て！　もう五百人も待機しているよ！」

「ええ……」

まだ放送は始まっていないというのに、コメント欄は絶え間なく流れ続けていた。それで気になるのが……。

「何この『レイ待機👻』って。みんな打ってて怖いんだけど」

「ああ、それは私がレイって名前だから、みんなが待機中のコメントを考えてくれたの！」

「何だそりゃ……」

やっぱりＶＴｕｂｅｒ界隈のことはよく分からないや……。

「それで……あと数分で予約してた、開始時間になるからさ！　お願いだよ、類！　私と一緒にゲーム配信してくれない？」

そして改めて彩花は手を合わせ、俺に懇願してきた。……まぁ、こんなにも多くの視聴者は期待してるみたいだし、彩花も俺を信用してＶＴｕｂｅｒのこと教えてくれたみたいだからな。ここで断るのも、ちょっと気が引ける。だから……少しだけなら協力してやってもいいのかなあ。

「……分かったよ。本当に一回だけだからな？」

「ホント……!?　ありがとう類！　やっぱり持つべきものは幼馴染だねー！」

「はいはい」

そして俺は予め彩花の隣に用意されていた丸椅子に座って、配信の用意をしている彩花を眺めていた。まぁ、配信って言っても普通に遊ぶだけでいいだろ。それにどうせ一回だけなんだから、別に失敗しても大丈夫だ…………ってこのときの俺は、そこまで深く考えていなかった。

もちろん自分がVTuberになるなんてことは、想像すらしていなかったんだ。


「それで、お前のことなんて呼べばいいんだ？　彩花じゃマズいんだろ？」

「そりゃそうだよ。私のことはレイって呼んでね！」

「分かったよレイ……うーわ慣れねぇー……」

急に幼馴染の呼び方を変えるなんて初めてのことだし、うっかり本名が出てきてしまいそうだ。でもたった一度のうっかりで、ネットに一生名前が残ると思うと恐ろしいよな。

「つーか今更だけど、俺がVTuberの配信なんか出ていいのか？　俺男だし……設定とかも色々あるんだろ？　よく分かんねぇけど」

「それは大丈夫！　事前にみんなには話してるし、類とは魔法学校で会った友達ってことにしておいたから！」

「余計ややこしくなってない？」

魔法学校なんて俺行ったことないよ？　って……いや。こいつもそうだよな。彩花は魔法学校なんかじゃなくて、地元の大学に通ってるはずだもんな。

まぁ……VＴｕｂｅｒってのはテーマパークのキャラクターみたいなもので、夢を与える職業なんだろう。中身がどうとか、そういう議論はきっと無粋なんだろうな。

「一応類の立ち絵も描いたし、大丈夫だよ！　後はノリで合わせて！」

「そんな適当な……」

言いながら彩花が描いた絵を見るが、それはレイと似た感じの美化されたイケメン風のキャラクターだった。ああ、そういやこいつ絵も上手かったな……もちろん俺とは似ても似つかないんだけど。

「まぁ類のキャラは絵だけだから全然動かないけど……あ、類のことは類って呼んでいい？」

「別にいいけどさ……」

どうせ一回だけだから、俺の方は本名でも構わないだろう。それに俺の名前はちょっとアニメっぽいもんな……って、なんでこっちが世界観の心配してるんだ？

「よーし、それじゃあもう配信始めるよ！」

そして配信開始のボタンか何かを押した彩花は声のトーンを一段階上げて、マイクに向かって話しかけるのだった。

「やぁやぁ、みんなこんにちはー！　闇属性魔術師のレイ・アズリルだよっ！」

彩花が言うなり、コメント欄には『こんれいー』と文字が続々と流れてきた。統率され過ぎてて何か怖いな……それともＶＴｕｂｅｒってみんなこんな感じなのか？

「今日はそう、特別企画ってことで遂に私の友達を呼んだんだ！　早速紹介するよ……類ー！こっちに来てー！」

　そして手招きしている彩花を見た俺は、その通りマイクに近づいて……分からないなりに、何とか喋っていった。

「ど、どうも、類です。えっと、レイ……に急に呼ばれて来たから、何も分かっていないんですけど。よろしくお願いします」

　俺の声を聞いたコメントは【噂の人が遂に来たな！】だの【新人さんキタコレ】だの【レイはもう帰っていいぞ】だので埋まっていた。……まぁ、流石にこれらはお世辞だろうが。多少なりとも歓迎されてることを知れて、ちょっと安心したよ。

　……というかレイちゃん、結構視聴者からイジられてない？　こんな可愛い見た目してるのにネタキャラなの？　まぁ素の彩花を知っている自分からすれば、そうなるのも自然な気はするが……。

「よーし、じゃあ早速ゲームするよっ！　類！」

「いいけど、何をするんだ？」

「それはね……これだよ！　『まりもカート』！」

彩花（あやか）の言葉にコメント欄は盛り上がりを見せる。

【うおおおおおお!!】

【きたあああああああああああ!!】

【レイせっこ】

【あーあ、友達減ったわ】

【草】

「……何かコメント盛り上がってるけど、どうしたんだ？」

「ふふふ、隠しても仕方ないね……そう！　私はここ最近、タイムアタックの練習していたんだよ！　レイボーイらとも戦って鍛えてもらってたんだ！」

「レイボーイ？」

「私の視聴者の呼び名だよっ！　ちなみに女の子はレイガールって言うの！」

「へぇー……」

驚くほど興味ないけど、そういうのもあるんだろう……ちょっと痛いなって思ったのは内緒な。

【ルイ君興味なさそうで草】

でも、視聴者にはバレてるらしい。

そして彩花（あやか）はゲームを起動させ、キャラクター選択画面まで移動させた……説明も必要ないと思うが『まりもカート』（以下「まりカ」）はレース中にアイテムなんかを使用出来る、比較的パーティー要素の強いレースゲームだ。

まぁパーティーゲームと言っても、定期的に大会も行われているようだし。ガチれば結構奥が深いゲームなのである。

「よし、私はこの『まりピオ』を使用するよ！」

彩花（あやか）は準軽量級のまりもヘッドのキャラクターを選択し、両脇に羽の生えたマシンを選択した。そういや彩花（あやか）、昔からこのキャラ好きだったよな……。

「じゃ、俺は『まりイージ』で」

一方俺は準重量級の脚長のキャラクターを選択した。マシンは当然、花の生えたヤツで。

【ん？】

【あっ】

【あ】

【あっ……（察し）】

【流れ変わったな】

【いやー流石（さすが）にレイの勝ちだろ。風呂（ふろ）食ってくる】

察しの良い視聴者は気づいているらしいが、あえて俺はそれに触れないでおく。

「おっ、類もそのキャラ好きなの？　レイボーイとやった時も、そのキャラ人気でさー！」

「ああ、そうなのか？」

俺は適当に相槌を打つが……まさかこいつ、やり込んでるくせに知らないのか？　現時点で、このキャラとマシンが、最強の組み合わせだと言われていることに……。

【ルイくんに３万ペリカ賭けます】

【バカ、レイだって上手いだろ！　緑まりもに当たるのが！】

【でも実際レイはそのへんの人より上手いから、どうなるのか期待】

……まぁ、こんなコメ欄なら教えてくれないのも普通なのか……？

「じゃあやるよ！　もちろんＣＰＵは無し、私らだけのタイマンだよ！」

「ああ、分かった……」

……いや、違う！　こいつの視線はずっとゲーム画面に向いてるから、ほとんどコメントを読んでないんだ！　それ、配信者として致命的じゃないのか⁉

「コースはどうしよっか？」

「ああ……全部、レイが決めていいぞ」

「よし、言ったね！　絶対後悔しないでよねっ！」

【かわいい】

【かわいい】

【即落ち期待】

でもこの小物感が、視聴者にウケてるんだろうか……？

「それじゃあコースは……まりおっ、まりモールだぁっ！」

「そこ嚙む？」

【素材助かる】

【さっきの耐久誰か作ってくれ】

【かわいい】

【不覚にも萌えてしまった】

まぁ……その辺も含めて彩花が愛されてるのなら、俺も少しだけ嬉しいよ。そんなことを思いながら、俺は触り慣れたコントローラーをカチャカチャっと鳴らすのだった。

――そして俺らは何回かレースをプレイしていった。結果は全部……俺の勝ちだった。

「くそーっ！　また負けたぁー⁉」

いつもの彩花とそこまで変わらない声で、悔しそうに言う。わざわざ彩花がタイマンにしてくれたお陰で、実力差がはっきりと出るようになってしまったのだ。

【レイ虐助かる】

【流石にルイくん上手すぎね？　プロ？】

【正直レイを馬鹿にしてる奴らでも、ここまで大差で勝てないだろうからなｗ】

コメントに乗せられて、つい気持ちよくなってしまう。ああ、配信ってこんなに楽しいものだったんだな……いや、彩花をボコってるのが単に楽しいだけなのかもしれないが。

【ルイ君は上手いのになんで配信しないんですか？】

次のコースのロード中、いい感じのコメントがあったので、俺はそれを拾ってみた。

「ルイは上手いのになんで配信しないのか……それは単純にやり方が分からないからだね」

ゲームが上手いのに動画あげたりしない人の理由って、ほとんどそんな感じだと思うよ。だって機材とか編集とか全然分かんないし……やり方が分かってたとしても、それらを揃えるお金と時間が無いんだよな。

【えーもったいない】

【始めたら推すのにー】

【レイに教えてもらったら？】

まぁ、確かに彩花に教われば出来るかもしれないが……別に俺は配信者を目指しているわけではないんだよなぁ。

「えっ？　配信したいのなら私が教えてあげてもいいけど……あ、ダメだ。愛してるレイガール達を類に取られてしまうじゃん……!!」

【草】

【草】

【草】

【草】

【レイボーイはいいのかよ】

おお、すげぇウケてる。まぁ、なんだかんだ彩花も面白いこと言えるもんな……そんなことを思いながら、俺は緑まりも（投擲アイテム）を後ろにくっついて走っている、まりピオのマシンにぶち当てるのだった。

「んキャ――――――――ッ!!」

「うっさ」

【うるせぇ!!】

【鼓膜破壊された】

【パソコンから音出なくなったんですけど】

【怨　霊　注　意】

【草】

彩花は叫んだ後、コントローラーに付いているホームボタンを連打してゲームを中断し……

そこから別のゲームを開始させた。

「ふ、ふふふっ…………さっきまでのはお遊びだよ、類……!!　私が本気を出せば類なんか、ボッコボコなんだからね……⁉」

【きたあああああああああああああ!!】

【闇堕ちレイキタぁ!!】

【初めて生で見れて感動してる】

【これは切り抜かれるなｗ】

またコメントが盛り上がってるけど、次は何が起こったんだ……？

「レイ、どうしてコメントが爆速になったんだ？」

「あっ、それは私が闇レイに変身したからで……」

「えっ？　どこが変化したんだ？　絵も何も変わってないじゃないか」

「いや、そ、そういうことじゃなくてね……？」

【説明させられてるの草】

【こーれは恥ずかしい】

【やめたげてよぉ！】

【なんかいつの間にかスマファイに変わってて草】

書かれたコメントを見てゲーム画面の方を向くと、そこには人気対戦アクションゲーム『スマッスファイターズ』（以下「スマファイ」）のタイトル画面が映っていた。

このゲームも説明不要だと思うが、スマファイは様々なキャラクターがぶっとばし合う愉快なパーティーゲームで、非常に人気のある作品である。もちろんエンジョイ勢だけでなく、ガチ勢からも支持されているゲームだ。

「とにかくっ、次はこれで勝負だよ！　これだってめちゃくちゃ練習したんだからね！　今、魔法学校で一番スマファイ強いの私なんだからね!!」

「あ、そう……」

どれだけ俺からボコボコにされようと、ロールプレイは忘れていないらしい。彩花って意外にこういうところは律儀なんだよな……そして彩花はルールを選び、キャラクター選択画面まで移動させた。

「じゃあ早速やるよ！　私の使うキャラは……『アツヤ』だっ！」

【草】

【うわでた】

【容赦ねぇなレイ】

【魔法使いキャラ使えってｗｗｗ】

彩花がキャラを選ぶだけで、コメントは盛り上がりを見せる……ちなみに彩花の選択した『アツヤ』は格闘ゲーム出身のゴリゴリのパワーファイターで、即死コンボも狙える凶悪なキャラクターである。それゆえ、かなりヘイトの集まるキャラなのだが……もうこいつ、俺に勝つことしか考えてねぇな。

まぁ別にそれはいいんだけど。ＶＴｕｂｅｒのキャラ的に、もっと可愛いファイターを使うべきなんじゃないか……ってのは俺の余計なお世話か？

「じゃあ俺も」

それなら負けじと、俺も『アツヤ』を選択した。

「おっ、同キャラ被せ……被せていいのは、被せられる覚悟のあるやつだけだよ！」

「別にレイ、俺の持ちキャラ使えないだろ」

「……うしゃー、いくよー！　れでぃーとぅーふぁいとー‼」

「誤魔化すな」

そして彩花はバトルスタートを押して、対戦を開始させた。予めステージも彩花が選択していたようで、『オメガ』という何の障害物も置かれていない、平坦なステージが現れたのだった。

【オメガ厨きたああああああああ】

【もう別ゲーだろこれ】

【原作でやれ】

【オメガでミラー対決は熱い】

「いくよ！」

試合開始の合図で彩花のアツヤは、俺の方へ近づいてくる……だが遅い。俺は特殊なコマンドで無敵の付いたステップを繰り出し、相手の攻撃を無効化した。

「ええっ⁉」

そして俺はアツヤを掴み……下投げからコマンド技『最速氷結拳』で相手を凍らせ、その凍った隙に地面へ叩き落とし、また『最氷』で相手の動きを止めたのだった。

「えっ、ちょっと、待って待って待ってってって‼」

俺は冷静にそのコンボを繰り返し、ある程度ダメージが溜まったところで……。

「おらぁっ！」

豪快なアッパーを繰り出し、当たった相手のアツヤは星になって消えていくのだった。

【上手すぎるｗｗｗｗ】

【完璧過ぎて草】

【こーれはやり込んでます】

【ボコボコで草】

「え、ねぇ、ちょっと、類！　さすがにヒドくない⁉」

「あはははは！」

あまりにも綺麗に決まったので、思わず俺は笑ってしまう。

【ゲス笑い助かる】

【緊張もほぐれてきたみたいだなｗ】

【闇堕ちしたのはルイ君の方だったか】

【レイ虐助かる】

「クソー！　次こそは……って、ああっ⁉」

「見え見えだ」

「あ………やっ、やめろ――っ⁉」

そして復活台から降りてきたアツヤを摑んで、また俺は完璧な即死コンボを決めたのだった
……ちなみにここが一番コメントが盛り上がっていたらしいよ。


それから何回か対戦を行った。結果はまた全部俺の勝ちだったため、俺には大きな縛りが設けられることになった。

「はぁっ……次はハメなし、即死なし、アツヤ禁止、アイテムは全部こっちのものね……？」

「どんだけ勝ちたいんだよお前」

【これってレイが勝つまで終わらないやつ？】

【朝まで続きそう】

【耐久配信ってここで合ってますか？】

このままズルズルと配信を続けても構わないけれど、もう二時間は経ったし……視聴者のことを考えると、そろそろ終わっておくのが丁度いいだろうな。

「レイ、次で最後にしよう。泣きの一回も無しな」

「分かった……絶対に勝って終わらせてやるからねっ……!?」

未だに闇レイ化している彩花は、変な喋り方でキャラを選択した。変わらずキャラはアツヤ。アツヤを禁止されている俺は、高いジャンプ力が強みの鳥キャラ『ルンバル』を選択した……まぁアイテムありなら、彩花にも勝機はあるだろうか？

ステージも変わらずオメガ。そして試合開始の合図が鳴るなり、彩花の扱うアツヤは俺のルンバルに向かって突進してきた。

「だぁあああっ！　私のダッシュ攻撃を喰らえぇぇぇぇぇっ!!」

「見え見えなんだって」

俺はそのキックをジャストガードして、アツヤを掴んで空中に上げ……お手玉コンボを決めていった。

「だぁああ――っ！　コンボなし!!」

「無茶言うな」

【こんなレイ見たくなかった】

【ルイ君が冷静すぎてウケる】

【コンボなしはさすがに草】

そしてルンバルのコンボ中、召喚アイテムが落ちてきたのを見た彩花は叫んで。

「アイテム私ね？」

「……」

「アイテム私ね⁉」

「聞こえてるって」

どこかで聞いたことがあるやり取りに笑いながらも、俺はコンボを完走し、ノーダメージで相手の残機をひとつ減らした。

「くぅーっ……！　次はコンボなしだからね……⁉」

言いながら彩花（あやか）のアツヤは復帰台から降りて、のそのそと召喚アイテムを取りに行こうとした……が、もちろんこのアイテムにも欠点はあって。それはお助けキャラを召喚する間、一定時間の硬直が必要になるというところだ。つまりその間は無防備かつ、キャンセルも不可能……だからこんな悪用も出来るわけで。

「……今だな」

俺は相手のアツヤが召喚アイテムを掲げている最中に、遠距離からブラスターを連射していった。すると相手のアツヤは一瞬だけ怯（ひる）んだ後、またアイテムを掲げるモーションを行う。その間に次に放ったブラスターがまたヒットし、アツヤは怯（ひる）んで動けなくなる。そしてまたアイテムを掲げて………以後ループ。

「ンなあぁぁあああっっ⁉　ちょっ、類（るい）！　ハメでしょこれ‼」

「レイがアイテム取らなきゃ、こんなことは起こらなかったのに」

「どっ、どうやって抜けるのっ⁉」

「俺のＢボタンが効かなくなるのでも、祈っとけばいいんじゃない？」

【草】

【草】

【草】

【草】

【これは草】

【ｗｗｗｗｗｗｗｗ】

ま、このままブラスターを続ければ、タイムアップで俺の勝ちになるが……流石にそんなダルいことはしたくない。俺はそこそこダメージが溜まったところで、アツヤを開放してやった。

「あぁ、やっと抜けれた！　やったぁ！」

なんか自分で抜けられたと勘違いしてるけど……まぁ黙っといてやろう。

「さて……反撃開始といくよ、召喚ッ！」

そして邪魔が入らなくなったアツヤは、やっと召喚が出来たみたいで。その召喚アイテムから出てきたキャラは……サイコパス料理人『ヤマザキ』だった。

「いっけぇえええヤマザキ‼　全て喰いつくせっ！」

「作る方だろ」

冷静なツッコミを繰り出しながら俺は、ヤマザキの投げてくる皿を避け続けた。

「あははは っ！　この弾幕、近づけないでしょ！」

言いながら彩花はヤマザキと一緒に攻めてくるが……やっぱり詰めが甘いんだよなぁ。俺はルンバルが持っている必殺技『リフレクト』を繰り出した。

この技は相手の飛び道具を跳ね返す技……要するにヤマザキの投げまくる皿が、ダメージ倍率を上げて相手に反射することになるわけで……後はお分かりだろう。

「……えっ、んきゃぁぁぁあああ――っ!!」

急に跳ね返された皿に対応できず、それは彩花のアツヤに命中した。そしてダメージが溜まっていたアツヤは、物凄い勢いで場外まで吹っ飛んでいくのだった……その後、画面中央には『ゲームセット』の文字が。

【流れが完璧過ぎる】

【草】

【これもう芸術だろ】

【笑いすぎて涙出たわ】

【ｗｗｗｗｗｗｗｗｗ】

【神回過ぎる】

「……」

「……レイ？」

ガクガクと身体を震わせている彩花に、俺はおそるおそる声を掛ける……そしたら彩花は今日一番の大きな声で叫んで。

「……うぬあぁぁあ――――っ‼　ああ、もう今日の配信は終わりっ！　スパチャ読みは今度！　じゃあね、レイガール達‼」

【乙】

【おつレイー】

【草】

【おつれい】

【レイボーイ忘れんな】

【マジで神回だったなｗ】

【面白かった～～～！】

彩花は少し間を置いた後……配信終了のボタンをクリックしたのだった。

「おい……終わったのか？」

「……」

彩花は無言で頷く……あちゃー。流石にやり過ぎちゃったか？　でも撮れ高作るためには、あれぐらいする必要あったよなぁ……と俺が脳内で反省会をしていると、彩花は俺の肩をガッシリと掴んできて。そして屈託のない笑顔で、こう言ったのだった。

「ホントに……最っっっ高だったよ、類！」

「………ぇぇ？」


――そして配信が終わった後、俺らは各々スマホをイジっていた。俺は適当にソシャゲをやっていたのだが、どうやら彩花の方はエゴサをしていたみたいで……。

「ねぇ、類！　放送の反響が凄すぎてトレンド入りしてるんだけど！　次のコラボいつですかってコメントもめっちゃ来てる！　こんなの初めてだよっ‼」

「ええ……？」

俺はスマホから顔を上げ、困惑の声を上げる。いや別に配信の感想とかはどうだっていいんだけど……俺なんかとコラボして、話題になって大丈夫なの？　普通に嫌じゃない？

「いやレイ……じゃなくて彩花。彩花はそれで嬉しいのか？」

「えっ？　そりゃー嬉しいよ！　だってこんなにもたくさんの人が見てくれたんだからさ！

……あ、なんかデータ取ってた人によると、今回の放送が初配信の次に人が多く集まったんだって！」

「ええ……？」

VTuberの初配信は注目されるから、同接が多くなるのは何となく知っているが……その次が俺とのコラボって。やっぱりそれ、ファンから怒られない？

「えーえーばっかり言わないでさ、類も感想見てよ！　みんな面白かったーって言ってくれてるから！」

「はぁ、分かったよ……」

しぶしぶ俺は、彩花から配信に付けられていたハッシュタグを教えてもらい、『つぶやいたー』でそれを検索してみた。どれどれ……？

『超神回だった』『ルイ君とまたコラボしてほしいわ』『めちゃくちゃ楽しかった！』『レイちゃんは知らん男とコラボしないでほしい』……だとよ」

「そっ、そういう人もたまにいるけれど……大体は好意的な感想ばかりでしょ？」

「まぁーな」

わざわざハッシュダグまで付けて、感想を書き込むくらい熱心なファンなんだから、優しい人が多数なんだろうけど……呟いてないだけで、俺とのコラボをよく思っていなかった人もきっといるだろう。俺はその先まで見えてるんだ……。

「……それでさ、類はどうだった？　配信、楽しかった？」

「楽しかったって………まぁ、久しぶりに彩花と遊べたのは楽しかったよ。配信とかは関係なしにな」

「……ふふっ。そっかそっか、それなら良かったよ！」

俺の言葉を聞いた彩花は、昔から変わることのない無邪気な笑顔を見せてくれた。……俺はこの笑顔を見るために、彩花に色んなことを教えたりしていたんだよなぁ…………はっ、いかんいかん。何をノスタルジックに浸っているんだ、俺は。

「でさ、類！　次のコラボはいつにする？　明日とかはどうかな？」

「おいおい……さっき俺が言ったこと忘れたのか？　放送に出るのは今回だけ……それに明日からはバイトが入っているから無理だ」

彩花は今夏休みだろうが、バイト戦士である俺にはそんなものは無いんだ……それで俺の言葉を聞いた彩花は一瞬だけ悲しげな表情を見せたが、すぐに元に戻って。

「そっか……じゃあまた今度ね！　一緒に遊ぼ？」

「ああ、それは別に構わないけど……他に遊ぶ相手いないのか？　俺なんかより、他のＶＴｕｂｅｒとかと絡んだりすればいいのに……」

「……類の鈍感」

「え？」

「……ううん、何でもないよ。それじゃあーまたね、類？」

「ああ、また」

少し気になる発言はあったが、特にそれには触れずに……荷物を持って、俺は彩花の家を後にした。

彩花の配信に出演して、数日が経った。その間、俺は何事もなく過ごしていたのだが……。

「……ん？」

ある日のバイト終わり。俺のスマホには彩花からの着信と、ひとつのメッセージが届いていた。メッセージを開いてみると『大変なことが起きたから、早く折り返して‼』とだけ書かれていて。

『大変なこと』という彩花の大雑把な説明に、少し嫌な予感がしたが……まぁ、これを無視するわけにはいかないだろう。思った俺は彩花に電話を掛けた……そしたらすぐに応答してくれて。

『もしもし、類⁉』

焦ったような彩花の声が聞こえてきたんだ。

「彩花、何かあったのか？」

『うん！　あのね、すっごいことが起こったんだよ！』

「凄いこと？」

『うん！　類さ、前に私の配信出てくれたでしょ？』

「ああ……」

もうその記憶はかなり脳の端っこの方に追いやられていたのだが……何か問題でも起こったのだろうか？

「もしかして、炎上でもした？」

『いやいや違うよ！　あの配信を見た運営さんが、類のこととっても面白いって言ってくれてさ！　ウチの事務所に入ってほしいって言ってて……！　それで、私からお願いしてくれないかって言ってきたんだよ！』

「………はい？」

彩花の言葉だけの説明じゃ、よく意味が分からないんだが……要するに。

『つまり、類は企業のＶＴｕｂｅｒにスカウトされたってことなんだよ！　こんなこと滅多にないから、とっても凄いことなんだよ‼』

……………えーと？　俺が……ＶＴｕｂｅｒに？　……冗談も休み休み言ってくれ。

「断る。俺はそんなのならないぞ」

そしたらまた、彩花の大声が耳元に飛び込んできて。

『えー──っ⁉　なんでさ！　一緒にやろうよＶＴｕｂｅｒ！　楽しいよー！』

「いや、楽しいって……俺は人を喜ばせるようなことは出来ないし。そもそもＶＴｕｂｅｒのことなんてよく知らないんだ。そんな俺がなれるわけないだろ？」

『なれるよ！　私だってなれたんだからさ！』

「それはお前が面白いし、話も上手いからだろ……」

『私は、私よりも類の方が面白いと思っているし！　それにゲームだって類の方が上手じゃん！』

「まぁ、ゲームはな……？」

逆に言えば、それぐらいでしか彩花に勝るところが無いんだけどな……そもそも俺よりゲーム上手いやつなんて、そこら中にいるってのに。

『とにかく！　今から私の家に来てよ！　バイトが終わったなら来れるでしょ？』

「なんでだよ。どうせまた配信とかするんだろ？」

『いや、しないから安心して！　それに……ほら！　ウチで晩ごはん食べてったらいいじゃん！　昔、家によく来てたでしょ？』

「昔過ぎだろ……それ、俺らが小学生ぐらいの時の話じゃないか？」

今更だが彩花は実家暮らしなのに対し、俺は一人暮らしだ。だから幼馴染とはいえ、もうお互いの家はそこそこ遠いんだけど……。

『いーじゃんっ！　ママに類が来ること伝えとくから、絶対に来てよねっ！』

「あっ」

一方的にそう言われて、通話は切れてしまった。はぁ……全く。どこまでも勝手な奴だよ、彩花は。

……ま、でも実際、今月はかなり金銭的にピンチなんだよな。だから彩花の家に行って、夕飯代が浮くのなら……あわよくばおかずとか貰って、何日間かそれでしのげるというのなら……。

「はぁ……背に腹は代えられない、か」

そうやって決めた俺は自転車に乗り、バイト先から彩花の家に向かったのであった。

──彩花の家に到着した俺は自転車から降り、インターホンを鳴らす。そしたら鍵の開く音がして、扉から出てきたのは……。

「えっへへー。やっぱり来てくれたね、類！」

ニヤニヤと笑みを浮かべている彩花だった。

「はいはい、来てやったぞ」

俺はわざと素っ気ない態度を取ってみるが……どうせこいつにはバレてんだろうなぁ。

「ふふ、本当に嫌なら来ないでしょ？」

「うるせー」

「あははっ！　それじゃあ、上がって？」

「ああ」

そして家に上がった俺は、彩花に案内されて階段を上り……また『レイ』のポスターが貼られている、彩花の部屋へと入った。

彩花は部屋の扉を閉め、また丸椅子に座るよう俺に促した……別に断る理由もないので、俺はそこに座った。

「それで……なんで俺を呼び出したんだ？　説得しようとしても無駄だぞ？」

「まぁーまぁーいいから。一回『スカイサンライバー』の所属ライバーでも見てみない？　個性的な子ばかりで面白いんだよー？」

「見てみないって言われても……確かそこ、百人近くいるんだろ？　全員見る時間なんてないだろ」

「おお、よく知ってるね！　だから類が気になった子選んでよ！　その子の面白い切り抜きとか見せてあげるから！」

そう言って彩花はゲーミングチェアに座って『スカイサンライバー』のホームページを開き、所属タレント一覧の画面を見せてきた。俺はマウスを受け取り、そのページを眺めていった……。

「いや、気になった子って言われてもなぁ……お、本当におじさんのキャラクターとかもいるんだな」

「そうだよ！　おじさんも意外と人気なんだ！」

「ふーん、そんなことあるのか」

イメージ的に美少女達がキャッキャウフフしてるのが、VTuberだと思っていたんだが……意外とそんなことはないらしい。やっぱり世界って広いなぁ。

「それで……類はどの子が気になるの？　できれば女の子だと助かるなー」

「なんでだよ」

「だって私と関わりが多いのって、女の子のライバーだもん！　女の子なら大体は喋ったことあるからさー」

「あ、そうですか……」

いや、つってもな……彩花の前で選びにくいんだよな。ここにいるのみんな美少女だし……性癖みたいなの彩花に知られたら、めちゃくちゃ嫌だもん。まぁだからと言って……ここで『レイ』を選ぶような勇気は、俺は持ち合わせていないんだけどな。

「…………」

一瞬、俺はスクロールの手を止めてしまった。カラフルな髪色の並ぶライバー紹介ページで、黒髪二つ結びの制服少女は、逆に浮いてるように見えたんだ。

「お、その子が気になるの？」

「まだ何も言ってないだろ……？」

しかし……こういった時の彩花は鋭いもので。すぐに俺の嘘を見抜くのだった。

「いーや類、絶対この子好きだよね？　類はこういうシンプルな子を可愛いって思っちゃうもんね？」

「お前は俺の何を知ってんだ……？」

……実際それは事実なので、強く否定出来ないのが歯がゆいのだが。そして彩花（あやか）はテンションを上げて、その子の説明をしてくれるのだった。

「ふふ、この子はね『基山伊吹（きやまいぶき）』ちゃんって言ってね、クールでとっても賢い子なんだよ！」

「ふーん。制服着てるけど、高校生なの？」

「うん、高校生って設定！」

「設定ね……」

冷静に考えりゃ、そりゃそうか。マジの高校生なんて、中々採用出来ないだろうからな……。

「んーよし！　それじゃ、いぶっきーの切り抜きでも見よっか！　えーっと………これとかどう？『トラックを横転させた後、ロケランを撃ち込んで爆笑する基山伊吹（きやまいぶき）』」

「いや、何をしてんのこの子は⁉」

「あ、ごめん類（るい）。これパート2だった」

「パート2⁉」

一瞬俺は焦（あせ）ったが、よくよくサムネを見ると、それはリアルなゲーム画面だった。いやまぁ、それはそうだよな……現実世界でそんなことやったら、お縄モンだもんな……。

「あ、パート1あったー。じゃあこれ見ようか！」

「ああ……」

そして俺は彩花の隣で、伊吹という少女の切り抜きを見ていった。

……動画の内容は、声質も想像通りの大人しそうな子が、やりたい放題出来るオープンワールドのゲームで、めちゃくちゃ犯罪行為を行うといったような切り抜きだった。まぁ、確かにこのギャップは、ちょっと面白いかもしれない……。

「あははは！　いぶっきーやり過ぎだって！」

その動画を見て、彩花は腹を抱えて笑っていた……なるほど。VTuberってこんな風に見てる人達を笑顔にさせる、思った以上に凄い人達だったんだな。

「……ふっ」

「あっ！　類も笑った！」

「いや笑ってねぇって……」

「いやいや、そんな強がらなくていいって！　ここには私しかいないんだからさ！」

何気なく言った彩花の言葉に、俺はハッとしてしまう。そうだよな。彩花の前でさえ、感情を隠そうとするなんて……俺らしくないよな。

「……ああ。だな」

「ふふっ、それでいいの。類は類のまんまでさ！」

「……ははっ」

「あははっ！」

……そして俺らは他の動画にも飛んで、伊吹の切り抜きを見ていった。彩花の母親が晩ごはんが出来たことを俺らに知らせるまで、その時間は続いたのだった。

そして夕食を終えた俺らは、また彩花の部屋に戻っていた。俺は料理の感想を口にしつつ、さっきの丸椅子にまた腰を下ろす。

「やっぱり彩花のお母さんって料理上手だよな。すげぇ美味かった。まぁ……相変わらず強烈なキャラしてたけど」

「あははー……ごめんね。ママ、類のことも自分の子みたいに思ってるからさ」

ちょっとだけ申し訳なさそうに、彩花は笑って言う。食べてる最中、今は何をしているのかとか、どうしてずっと遊びに来なかったのかなど、俺はずっと質問攻めにあっていたのだ。まぁ昔は本当に毎日遊びに来てたから、そう思うのも仕方ないことなんだろうけど……。

ちなみに質問に関しては、上手く誤魔化しておいた。全部正直に言うと、余計に心配されそうだったからな。

「ま、それは全然いいんだけど……どうして引き止めたんだ？　俺完全に帰るつもりだったんだけど」

……それで、なんでまた部屋に戻ってきたのかというと、彩花から「まだ帰っちゃダメ」と引き止められたからで。多分俺が「ＶＴｕｂｅｒになる」と言うまで帰さないつもりなんだろうけど……。

「いやー、まだＶＴｕｂｅｒになるって返事を聞いてないなって思ってね？」

「だから……なる気はないって散々言ってるだろ？」

俺はＶＴｕｂｅｒになるつもりもないし。そもそもなれるわけがないと何度も言っているのに、彩花はそれを分かってくれないらしい。全くどうしたもんかと、俺が頭を悩ませていると……彩花は次なる作戦に移ったようで。

「……ふーん。それだったら私にも考えがあるよ……！」

そう言って彩花はおもむろにスマホを取り出した。そして画面をポチポチといじった後、それを耳に押し当てて……。

「えっ、お前何を……？」

「…………あ、もしもし、いぶっきー？　今大丈夫？」

……まっ、まさかこいつ……さっき見た動画のＶＴｕｂｅｒ、基山伊吹に電話を掛けてるというのか……!?

「あっ、良かったぁ！　それじゃあちょっと相談したいことがあるんだけど、いいかな？」

『はい。レイがそんなこと言うなんて珍しいですね。何ですか？』

途中で彩花はスピーカーに切り替えたらしく、彼女の声がここまで届いてきた。その声はさっき動画で聞いたそれと、全く同じものだったんだ。

「うん！　あのね、近いうちにスカサンから新ライバーが登場するらしいんだけど、それが私の幼馴染なんだよ！」

『へぇ、そうなんですか。それは面白いですね……でもなんでそれ、レイが知ってるんですか？』

「幼馴染が私の配信に出て、それを見た運営さんがスカウトしたんだよ！　それで……」

『あの、今更ですけど、私が聞いても大丈夫なやつですか？　それって、まだ世に出てない情報ですよね？』

「…………あー」

彩花は『やっちまったなぁ』みたいな顔をして、俺の方を向く……それ普通に言っちゃ駄目なやつじゃねぇか……いや、別に俺はVＴｕｂｅｒになるつもりなど微塵もないんだけどな……？

『……まぁ。私は誰にも言うつもりありませんから、大丈夫ですけど』

「そ、そう？　だったら通話が終わったら、全部忘れたことにして！」

『分かりました』

いや続けんのかよ、コイツ……そして彩花はまた口を開いて。

「でね、スカウトされたんだけど、その幼馴染がVＴｕｂｅｒにならないーってずっと言ってて！　だからどうにか伊吹ちゃんに説得してほしいなって思ってさ！」

『……なるほど』

「あ、今私の隣にいるからさ、変わるね！」

「えっ、お前……!?」

そして彩花は半ば無理やり、俺にスマホを渡してきた。俺は今すぐそれをぶん投げたい衝動に駆られたが……流石にそれは踏みとどまった。しかし、このまま黙っているのも相手に悪い……そうやって色々と考えた結果、俺は大人しく電話を取って、応答することにしたんだ。

「……も、もしもし。えっと……レイがお世話になってるようで……」

『こちらこそです。お名前は？』

「あ、宮坂類って言います……」

『そうですか、類さんですね』

電話の相手、基山伊吹は音声ガイダンスのように淡々と話すのだった。いや、切り抜きで見た時よりもクールなんですけど……！

それで……しばらく俺が何も言えないままでいると、向こうから話しかけてくれて。

『……まぁ。レイからああ言われましたが、私は無理にVTuberなんてならなくていいと思っています。未だ偏見の目で見られることも少なくないですし。絵を被ってるからって、馬鹿にしてくる人もまだまだ存在してますからね』

「そ、そうですよね……！」

『ええ。それにこのグループに入りたくても入れない人だって、数多くいるんです。そんな中イヤイヤやるような人が加入したら……みんなの士気が下がります』

「……！」

その言葉に俺はハッとした。それはそうだ……そのスカイサンライバーに入りたくても入れない人だって、絶対にいるはずだ。俺はそのことを全く考えられていなかったんだ。

『言葉が強くなってすみません。ですがそうなるのが見えてしまったので、言わせていただきました……類さん。レイの説得は私がしますので、安心してください』

「あ、はい……すみません……」

電話越しなのに、俺は頭を下げてしまった。生半可な気持ちで彼女はＶＴｕｂｅｒをやっていないってことを、強く感じたからだ。

……そして、数十秒の静寂の後。また伊吹さんは言葉を発して。

『……それで。これは個人的な質問なんですけど、どうして類さんはＶＴｕｂｅｒになりたくないんですか？』

「えっ？　そ、それは…………自信がないから……かな」

考えればいくらでも向いていない理由は出てくるが、一番大きな要因はそれだろう。俺が人を楽しませるなんてところが……どう頑張っても想像出来なかったんだ。

そしたら伊吹さんはポツリと。

『………類さんはレイの配信、見たことないんですか？』

「えっ？」

『レイは雑談配信で、よく貴方のことをお話してるんです。エピソードトークでは、大体貴方のことが出てきます』

「え、ちょ、ちょっと！　伊吹ちゃん⁉」

俺の隣で彩花が焦ったような声を上げるが、伊吹さんはガン無視で続けて。

『身バレを避けるため色々と嘘の情報も入れてるでしょうが……多分全部類さんのことです。レイはそのお友達のことを「頭がいい」「ゲームが上手い」「困った時すぐに助けてくれる」など、べったべたに褒め倒しています』

「伊吹ちゃん⁉」

『配信見れば分かることだし、隠す必要もないでしょう……まぁ、ですから。レイがそこまでして類さんを誘う意味というものも、少しだけ考えてみてもいいかもしれませんね』

「意味………ですか」

『はい。私からは以上です。それでは動画の編集があるので、この辺りで失礼させていただきますね』

「……」

伊吹さんはそうとだけ言って、ブツッと電話を切るのだった。

そして電話が切れてから、お互い無言の気まずい時間が流れていた。いや、なんで彩花は配信で俺のことを喋っているんだ？　別に怒っているわけじゃないけど……その理由が分からなくて、ただ俺は困惑していた。

「……なぁ彩花。伊吹さんが言ってたことって本当なのか？」

「……」

彩花は何も答えず、俺から視線を逸らした……ああ、小さい頃からそうだ。彩花は言いたくないことがあったら、どれだけ待っても答えてくれないんだよな。

「教えてくれないなら調べるぞ。お前のだって、切り抜きが上がってないわけじゃないだろ……」

「……っ、ああ、もう！　分かったってば！」

俺が言うと、食い気味に彩花は口を開いた。きっとそのことについて話すのは嫌なんだろうけど、目の前で動画を見られる方がもっと嫌だと思ったんだろう。

そして彩花は顔を赤らめながら……小さな声で話し始めた。

「わ、私は……時々、配信で類のこと話してるよ」

「……それはどうしてだよ？」

「だって……類との思い出はとっても面白いものばかりだし……類は私の自慢の、尊敬できる幼馴染だからっ……！」

「……」

……前者は百歩譲るとしてだよ。俺が自慢の幼馴染って……冗談だろ？

「……うん。その目だよ……類。いっつも類は卑下するんだ。『俺なんかより凄い人はたくさんいる』って。『俺は優しい人なんかじゃない』って……そんなこと、そんなこと全然ないのにっ！」

「……！」

俺は目を見開いた。その彩花の言葉が嬉しかったのと同時に……心のどこかが苦しくなっていたからだ。

「類はとっても凄い才能を持ってる。それをみんなに知ってもらいたくて、私は類とゲーム配信したんだよ？」

「彩花……」

彩花のただの自己満で放送に誘っていたと思いこんでいた俺は、途端に恥ずかしくなってしまった……でもそんな俺を見てか、彩花は徐々に笑顔を取り戻して。

「……そしたら、配信は想像以上に成功してさ！　事務所から声が掛かったのは、流石に私も予想外だったけど！　逆にこれは運命なんじゃないかって、私思ったんだよ！」

「運命？」

「うん、運命！　類がこの世界に入ってくれたら、きっと色んなことが経験できて……毎日新鮮なことだらけで、とっても楽しいと思うんだよっ！」

……新鮮なこと、かぁ。そういや毎日のように彩花と遊んでいた頃は、ずっと楽しかったよなぁ。

　あいつが新しい公園を見つけたのなら、俺が先に大きな秘密基地を作って。あいつが新しいゲームを買ってもらったのなら、俺も同じのを買ってそれを極めて。しょーもないことだけど、彩花を驚かせたいという信念だけで行動していた俺は、今よりも明確に充実していたはずだ。

……それから彩花と遊ばなくなってからは、家と学校を往復するだけの生活。それが今は学校がバイト先に変わっただけ……この生活が楽しいとは言いにくい。

……俺は。退屈な日常から、違う世界に踏み出してもいいのだろうか……？

「もちろん、分からないことだらけで不安もあるかもしれないけれど……類には私が付いているでしょ？」

「えっ……？」

「この超人気ＶＴｕｂｅｒの私がさっ！」

　そして彩花はわざとらしく、女児アニメに出てくる決めポーズを取った。そのポーズが……幼い頃の彩花の影と、ピッタリ重なったように見えたんだ。

「……ははっ。あははっ！　……ああ、そうだな。俺にはお前がいる。これは俺の持っている、一番の才能かもしれないな」

「えっ、えへっ⁉　いやぁ……それは大げさなんじゃないかな……？」

「いいや、大げさなんかじゃない。これなら俺は胸を張って言えるよ」

そしたら……さっきより何倍も顔を赤らめてしまった彩花は俺に背を向けて、置いてたクッションに顔を埋めるのだった。

「……～っっ！　ああーもう！　類ってホントズルいなぁ……！」

「何がだ？」

言うと、置いてあったもうひとつのクッションで顔面を叩かれた。

「いてっ」

「……まぁいいよ！　これで類がＶＴｕｂｅｒになるのに、納得してくれたってことでいいんだよね！」

「うーん……まぁ、そういうことになるのか？」

「ふふっ。よーし、言ったね！　それじゃあマネージャーさんに伝えとくから！」

「ま、マネージャー……？　え、お前そんな人まで付いているのか⁉」

「そうだよ！　聞きたいことがあったら、大体はマネージャーさんに連絡するんだ！」

ＶＴｕｂｅｒにマネージャーなんて付いているのか……もうそれ、マジのタレントと変わらないんじゃないのか……？

「芸能人みたいだな。類もちょっとで、その芸能人の仲間になるんだよー？」

「ふっふっふー。類もうちょっとで、その芸能人の仲間になるんだよー？」

「……なんかもう緊張してきた」

「大丈夫だよ！　こんな私でも、何とかやれてるんだから！」

そう言って彩花は俺の背中を叩いた。この瞬間、俺は彩花のことを心強いと本気で思ってしまったんだ。

「そうだな……分かった。少しくらい彩花の言葉を信じてみるよ」

「うんうん、それでいいのっ！　類はもう少し楽観的に生きてみるべきだよ！」

「ああ、だな」

俺の言葉に彩花は笑みを浮かべる。数分前の表情とは段違いだ。

「よーし！　じゃあ時間もあるし、今日もコラボ配信しよっか？」

「それはしない」

「えーなんでさー！」

「もう少し彩花と話したいからな」

「……も、もぉーっ！　いつから類はそんなカッコつける人になったのっ⁉」

「え、別にそんなつもりないんだが……」

そんなに変な言い方だったか？　ＶＴｕｂｅｒとしてじゃなく、普通に喋りたいってニュアンスだったんだけど……まぁ何か彩花、嬉しそうだしいっか。

……それから俺は彩花からＶＴｕｂｅｒの話を色々と聞かせてもらって。そして帰る時に彩花の母が作ってくれたポテトサラダを頂いて、彩花の家を後にするのだった。

そしてＶＴｕｂｅｒになることを決意した俺は、彩花を通じて事務所とやり取りをし……数ヶ月後、俺はそこの偉い人と会うことになった。

彩花は「全然怖くない人だから大丈夫だよ！　そんなに心配なら私がついて行こうか？」と軽い感じで言ってたから、そんなに恐れる必要もないだろう……ちなみにその彩花の提案は断っておいた。幼馴染同伴で行くのは、流石に恥ずかしいからな。

――で、そんなこんなで迎えた当日。俺はスカイサンライバー事務所の前にたどり着いていた。ここはネットとかにも知られていない場所らしく、彩花からも「事務所の場所とか喋っちゃダメだよ！」と念を押されていた……まぁ、俺がそんなことするわけないけどな。

「よし……行くぞ」

覚悟を決めた俺は、めちゃくちゃ大きなビルの中に入っていった。情報によると、このビルの中に事務所が入っているらしい……俺は丁度来ていたエレベーターに乗って、その事務所が入っている階まで上がっていった。

……エレベーターを出ると、目の前にはひとつの白い扉。そして隣に置かれている小さなソファーには、社員証みたいなものを首にかけている、Tシャツ姿の男性が座っていた。見たところ結構若く、そしてどこか天才的なオーラを放っていた……もしかしてこの人が……？

「……おっ、こんにちはー」

　男性は俺に気づいたようで、スマホから視線を上げ、挨拶をしてくる。俺はたどたどしく、挨拶を返した。

「こ、こんにちは。あの、俺……」

「話は聞いてるよ。君が類（るい）くんでしょ？」

「あっ……そうです」

　どうやら俺のことを知ってくれているらしい。そして俺の正体を知った男性は、にこやかに微笑（ほほえ）んでくれて。

「ふふ、あのレイちゃんとの回は最高だったね。俺、久しぶりに腹抱えて笑ったよ」

「ありがとうございます……見ていただけたんですね……！」

「うん、もちろん。アーカイブで全部見たよー。感想とかたくさん言いたいけど、ここで話すのも何だし……場所を変えようか。ついて来て？」

「は、はい！」

言って男性は立ち上がり、カードキーっぽい物でその扉を開けて、俺を中へと入れてくれたんだ。

そして彼の後ろをついて行き、俺は小さな会議室のような場所に案内された。

「そこ、座っていいよー」

「あ、はい！」

促されて俺はオフィスチェアに座る。そして男性は対面側に座り、丁寧に自己紹介をしてくれたのだった。

「じゃ、改めて……俺は塩沢洋次郎。一応このＶＴｕｂｅｒ会社の代表って立場にいるんだ。ま、社長みたいなものだと思ってくれていいよ」

「しゃ、社長……⁉　そんなトップの方だったんですか……⁉」

俺はのけぞって驚く。彩花からは『偉い人』としか伝えられてなかったため、ここまでトップの人が対応してくれるなんて、全く想像していなかったんだ……そして塩沢さんは笑顔で首を振って。

「ああ、いやいや。そんな全然かしこまったりしなくていいから。俺の顔でコラ画像作って、動画のサムネに使ったりするライバーもいるぐらいだからさ」

「そっ、そんな無礼な……」

いくらＶＴｕｂｅｒ会社のトップとはいえ、そんなことを許すのは心が広すぎるというか……ってかそれ、ライバー側の頭のネジが飛んでない？　それくらいするのが普通なの？　もう俺の常識が通用しない場所に来てしまったというの？

「あはは。それで、こっち側がスカウトしたぐらいだからさ。もう類くんの合格は決まっているんだけど……どうして急に心変わりしたんだい？　君がＶＴｕｂｅｒになる気は全然ないだろうって、レイちゃんの方から聞いてたんだ」

「あ、えっと、それは……伊吹さんと話したからですかね……？」

俺が伊吹さんの名前を出すと、塩沢さんは「おお」と興味深そうに頷いて。

「なるほど。基山伊吹ちゃんと話したんだね。どう？　彼女、氷の国のお姫様みたいだったでしょ？」

「ええ。すごく……そんな感じでした」

俺が心を込めて言うと、塩沢さんは笑ってくれて。

「ははっ！　だよねー。それで伊吹ちゃんからなんて言われたの？」

「イヤイヤやるなら入らないでくれって、はっきり言われました」

「あはははっ！　流石伊吹ちゃんだ！」

塩沢さんは手を叩いて、更に笑いを見せた。きっとその光景が容易に想像できたのだろう。

「……でも、彼女はレイが俺のことを放送で自慢してることを教えてくれたんです。そして、そこまでしてレイが俺をＶＴｕｂｅｒに誘う意味を考えてみろって言ってくれたんですよ」

「ほー、なるほどねぇー。それでレイちゃんの反応は？」

「類には才能があるから、一緒にやってみないかって言ってくれたんです。それからは……まぁ上手く乗せられたって感じですかね？」

俺は笑いながら答える。自分で言うのが恥ずかしかったからだ。

「なるほど……いやー凄いね。一度決めたことなんて、簡単には変えられないからさ。それが出来た君は、確かに才能があるかもしれないよ」

「いやいやそんな……！　俺が根負けしたからですよ」

「ははっ。まぁやってみればきっと、レイちゃんの言いたかったことも伝わるんじゃないかな？」

「まぁ……そうかもしれませんね」

そして塩沢さんは笑顔で頷いて、いくつか紙の資料を机に置いた。

「よし。それじゃ、早速本題に入っていくけど……類くん。実は君の初配信の日はもう決まっているんだ」

「えっ、それはいつですか……？」

そしたら塩沢さんは俺に三本の指を見せてきた。ああ、三週間後か……いや、三ヶ月後って可能性もあるのか………。

「いやーそれは俺も本当にそう思うよ。ごめんねぇ」

俺の言葉に、塩沢さんは手を合わせて謝ってくる。いや、そんな謝られても困るんすけど

……三日後ってどうにかならないのか……？

「なっ、なんでそんなに早いんですか？」

「いやあのねー。実は今週にデビューする子がいたんだけど、その子の準備中に類くんを見つけちゃってさ。せっかくなら同時にデビューさせようってなって、急いで類くんのモデルを作ってもらったんだ。それで、もう一人の方はデビューを待ってもらってる状況なんだよ」

「そ、そうだったんですか……」

デビューするはずだった人を待たせているのなら、俺が駄々こねるわけにはいかないか……

それなら甘んじて受け入れるしかないけど。でも三日後ってバイト入ってたっけ……？

「そういや類くんって学生？」

「いや、自分はフリーターです。カラオケでバイトしてます」

今更だが、俺はカラオケ店でバイトをしている。別に楽なバイトではないのだが……辞めるタイミングを完全に見失っている状態なのだ。

「そうなんだ。まぁウチは配信のノルマとかは特に無いから、バイト続けたままでも構わない

けど……結構専業の人も多かったりするんだよ？」

「ああ、そうなんですか……？」

……とは言ってもＶＴｕｂｅｒで食っていけるとは全く思っていないし。今すぐにバイトは辞められないんだよなぁ。

「まぁまぁ、強制とかはしないから安心して。それで……今のところまでで何か質問とかあったりする？」

「ああ、じゃあえっと……俺と同時期にデビューする人って、どんな人なんですか？」

とりあえず俺は同期とやらについて聞いてみることにした。そしたら塩沢さんは「おっ」と一言発して。

「やっぱりそこ気になるよね？　後で紹介しようと思ってたんだけど……待ってて」

そしてカバンからノートパソコンを取り出し、設計資料のような物を俺に見せてくれた。そこには……金髪ロングで綺麗な青目をした少女のイラストがあって、次のページには表情や衣装の差分なんかも描かれていた。

「この子、夕凪リリィって子ね。ギターの演奏が得意なハーフの女の子で、設定としては結構ありきたりな感じだけど……選んだ子がとっても面白かったから、期待してて」

「は、はぁ……」

期待しててと言われても……女の子かい。せめて同性だったら、色々相談し合えると思ったんだけどなぁ……。

「そうそう、同時期にデビューした人達でグループとか組むことになるから、リリィちゃんとも仲良くしてあげてね？」

「あ、はい。それはもちろんです」

「それで……えーっと。せっかくだからついでに類くんの立ち絵も見てもらおうか。急ぎで作ってもらったから、もう完成してるんだ」

ああ、きっと俺のために徹夜でして作ってくれたんだろうな……ごめんよ、イラストの人とかモデルの人……（ＶＴｕｂｅｒの知識が無いから、どんな人が携わっているかあんまり分かっていない）。

そして塩沢さんはパソコンを操作し、また画面を見せてきた。その画面には……長いハットと黒のローブを身にまとった、魔道士の格好をした少年の立ち絵が描かれていたんだ。その黒髪に隠されたオレンジ色の瞳はマジで……めちゃくちゃカッコいいものであった。思わず俺は声が漏れる。

「すっ、すげぇ……！」

「ふふ。このキャラの名前は『ルイ・アスティカ』。あの配信でレイちゃんが描いてた絵をモチーフにして、作ってもらったんだ。ルイくんの設定としては、レイちゃんと同じ魔法学校に通うエリート少年って感じかな」

「え、エリートですか……？」

彩花に言ったら鼻で笑われそうな設定だ。エリートなんて、俺に似合わない言葉トップ10に入るぞ……まぁでも。このビジュアルなら、最強じゃなきゃいけないよな。

「まぁ真面目系じゃなくて、ちょいワルな感じの。天才型って言うのかな？　授業はサボるけど、魔法の実技試験で満点を取る……みたいなね」

「あー……何となく理解しました」

それってオタクくんがめちゃくちゃ好きな設定じゃないか……クールで最強だなんて、誰しもが憧れるキャラじゃないか。なんて最高なキャラクターなんだ……俺がやるという点を除けばな！

「まぁ、詳しい設定はまた渡すから読んでてね。それと……魔法学校の生徒だから、レイちゃんも所属する『オーウェン組』の一員にもなるね」

「いやぁ……グループって色々あるんですねぇ」

「やっぱりみんな組み合わせって好きだから……」

……と、そこまで塩沢さんが言ったところで、会議室の扉が開かれた。俺と塩沢さんは同時に扉に目を向ける……そこに現れたのは。

「よーっす！　遊びに来たぞ、よーじろー！」

明るい金髪の、大きなリボンを頭頂部に付けた少女が、笑顔で立っていたんだ。

一体誰だ、この少女は……と俺が困惑していると、塩沢さんは彼女に手を向けて。俺に紹介してくれた。

「おお、丁度いいところに来たね。この子が夕凪リリィの中の人だよ」

「えっ、よーじろー⁉　そんな大事なこと、知らない人に喋っていいのか⁉」

少女は俺のことを指差して言う……そしたら塩沢さんは優しく諭すように。

「大丈夫だよ、この人が類くんだからね」

「るい……？」

それを聞いた少女はもう一度、じっくりと俺の方を見る……そして何かを思い出したのか

「ああー！」と大きな声を上げるのだった。そして彼女は続けて。

「そうだったのかっ！　あたし、レイとやってた配信見てたぞ！　すっごい面白かった！　腹が引きちぎれてもう爆発するくらい笑ったぞ！」

「そ、それはどうも……」

なんだかこの子は独特の感性を持ってるな……爆発するくらい笑うって言う？

「それでリリィちゃんはどうして来たの？　今日は特に打ち合わせも何も無かったはずだけど……」

「ああ、それはな！　今日は何でも物をぶっ壊せる店に行ってきたんだ！　それで、この近く

に事務所あったのを思い出して、遊びに来たんだよ！」

　ええ、よく遊びに来れるな……だってまだ一回も配信やっていない、俺と同じ新人さんなんでしょ？　どんだけ度胸あんのよ……そんな困惑してる俺をよそに、塩沢さんは彼女を褒めて。

「おお、もう体験レポのネタを溜めてるんだね。感心だよ」

「レポ？　いや、ただ遊びに行っただけだぞ？」

「一人で？」

「ああ！　だって複数人で行ったら、壊せる物が減るだろ！」

「……」「……」

　……これは相当ぶっ飛んでるな。さっき塩沢さんが言っていた「期待してて」の意味が、少しだけ分かった気がするよ。

「……うん。それじゃあ、せっかく新人の二人が揃ったみたいだし。ここで初配信の話でもしておこうか」

「塩沢さん、初配信って……どんなことすればいいんですか？」

　俺は塩沢さんに尋ねた。おそらく配信の内容は自分で考えるべきなんだろうけど……あいにく俺は、VTuberについての知識を全く持ち合わせていないのだ。だからそれぐらい聞いても、多少は許してくれるだろう……そしたら塩沢さんはのほほーんと。

「まぁ自己紹介だねー。初期の頃はみんな簡単な数分の動画でやってたけど、今は気合入れて一時間くらい配信してる人が多いかな。君達にも配信をやってもらうつもりでいるよー」

「一時間って、そんなにですか……？」

ゲーム配信とかならまだしも、喋り（しゃべり）だけで一時間も持つとは思えないんだけど……大丈夫だろうか……？

「まぁ思いつかなかったら予め（あらかじめ）質問とか用意してもいいし、気楽にやって大丈夫だよ。でも初配信でこれから追いかけるか決める人もいるから……気合を入れるに越したことはないと思うけどね？」

「そうですか……分かりました」

俺が言うと、リリィは割り込むように手を上げて。

「あ、はいはい！　あたし初配信で歌ってみたい！」

「おお、それは面白いね。動画でも流すの？」

「いや、もちろん生で歌うぞ！　じゃないとみんなの心を摑め（つかめ）ないもん！」

何だそのロックンロールは……でもこれくらいこだわりがあった方が、視聴者も喜ぶんだろうか……？　いや、全然分かんないけど。

「それは構わないけど、音源とかも用意する必要があるよ？　間に合う？」

「……じゃあアカペラでいくぞ！」

たくましいなこいつ。そのポジティブさ、少しくらい俺に分けてほしいよ。

「あははっ。それで……類くんにも『つぶやいたー』と『ＹｏｏＴｕｂｅ』のアカウントを渡しておくよ。基本的に運用は君達に任せてるけど、発言には気を付けてね。まぁ、詳しいことは資料を確認すれば分かるはずだよ」

「あ、はい、分かりました」

そこで俺は置かれた資料に眼を通していった……そんな中。

「なぁなぁ、初配信ってどっちからやるんだ？　同じ日にやるんだろ？」

「それは二人で決めてもらっていいよ。今日の夜にスカサン公式つぶやいたーで、新ライバーの情報と配信日を告知するつもりだから……じゃ、今決めようか？」

「だったらあたし先にやりたいぞ！」

またリリィは手を挙げてそう言う……そして塩沢さんの目は、俺に向けられるのだった。あ、これは俺に委ねられてるってことだろうか……？

「いや、別にいいけど……どうして先にやりたいんだ？　緊張しないの？」

「全然しない！　あたしが先にやりたい理由はただひとつ！　ルイの配信をゆっくり見たいからなっ！」

「あ、そうっすか……」

そんな理由かい……まぁでも。ぶっ飛んだ夕凪リリィが先に配信をやってくれれば、視聴者も盛り上がって。良い雰囲気で、俺の配信にも流れて来てくれるかもしれない。だから……先にやらせるのは大いにアリだと思うんだ。

「じゃあ類くんがその後ってことでいいかな？」

「はい、大丈夫です」

「んふふー、ルイー。楽しみだなー？」

……それから俺は規約など、塩沢さんから色々と詳しい説明を受けて（おそらく前日に説明を受けてたであろうリリィも、なぜか真剣に聞いてた）配信の方法やマネージャーのことなど、ＶＴｕｂｅｒやる上で最低限のことを教えてもらったのだった。

そして次の日。俺は配信に必要な機材を購入しようと、近所の家電量販店にやって来ていた。

「久しぶりに来たけどすごい変わったねー。ゲーミングコーナーとか出来てるよ！」

……彩花を連れてな。どうして彼女も来たのかというと……俺がチャットで配信に必要な機材について聞いたら『私が直接教えてあげるよ！』と、向こうから一緒に買い物することを提案してくれたからだ。

もちろん現役の人気ＶＴｕｂｅｒが、色々と教えてくれるのは非常に助かるのだが……。

「わざわざ来る必要あったのか？　ネットで全部頼めば良かったんじゃ」

「いやいや、直接見て触って確かめるのが大事なんだよ！　それに……今頼んでも、初配信の日までに届かないかもしれないじゃん？」

「まぁ、それもそうか……時間無いし」

彩花も俺の初配信の日程は知っているらしい。あと二日……それまでに俺は機材を揃えて、自己紹介用のスライドと台本を書き上げないといけないのだ。

「あとシフトも変わってもらわないとな……後で連絡しとくか」

店内を歩きながら俺は呟く。それを聞いたのか、彩花は変な疑問を投げかけてきて。

「……ね、類ってさ。なんでバイトやってるの？」

「え？　生きるためだけど」

「そういうことじゃなくて！　どうして大学とか行かなかったのかなーって思ってさ」

「ああ……」

そういうことか。そういや彩花には言ってなかったか……まぁ別に隠してるわけでもないし。

「何ていうか……無気力だったんだよな。特にやりたいことも夢も無いし、友達もいないし、そもそも頭も良くないし。だから行く気になれなかったっていうか……でも何もせずニートでいたら、普通に家から追い出されてさ。だから近くにあったカラオケでバイト始めたってわけだ」

半笑いで俺はそう答えた。でも聞いた彩花は、ちょっと深刻そうな顔をして……。

「そうだったんだ。でもなんで私に相談しなかったの？」

「えっ？　えっと……」

俺は言葉に詰まってしまった。高校で彩花と学校が別になってからは、更にぼっちを極めてしまい……ダークサイドに堕ちていた俺は、彩花に会おうとは思えなかった。後ろめたさというか……あの頃とすっかり変わってしまった自分を見せたくなかったんだ。思い出は綺麗なままにしておきたかったって言えば、聞こえは良いかもしれないが……実際は会う勇気が出なかっただけだ。

だから今回、久しぶりに彩花の誘いに乗ったのは、結構俺も勇気が必要だったわけで……。

「……」

まぁそんなこと情けなくて言えないけど。そんな困った顔をした俺を見かねたのか……彩花は俺を励ますように。

「……言いたくないなら言わないでいいよ。それに……類にはもう新しい夢が出来たでしょ？」

「えっ？」

「ＶＴｕｂｅｒを楽しむって夢がさ！」

最終的には笑顔でそう言ってくれたんだ。俺はちょっとだけ呆れたように笑い返して。

「ははっ……そんなことを夢って言ってもいいのか？」

「いいに決まってるじゃん！　私だって楽しいからやってるんだよ？」

言いながら彩花は、ヘッドセットやスタンドマイクが並んでいる棚の前でしゃがみ込んだ。

そしてそれらを手に取りながら、俺に話しかけてきて。

「類はゲーミングパソコン持ってるよね。なら必要なのは、マイクとＷＥＢカメラ辺りかなー」

「カメラ？」

「モデルを動かすのに必要なんだよ」

「ああ、なるほど……そういう仕組みなのか」

彩花の言葉に俺は頷く……俺のＶＴｕｂｅｒ知識は、マジでそのくらいなのだ。ライバーとして活動する以上、最低限の知識くらいは身に付けておかないといけないよな……そんなことを思いながら、俺は彩花にこんなお願いをして。

「じゃあオススメのやつ選んでくれよ。それ買うからさ」

「えっ、私が全部決めていいの？」

「ああ。お前が選ぶのなら間違いないだろ。信頼してるし」

現役ＶＴｕｂｅｒとして活動している以上、俺よりデバイスには詳しいだろう。そういった意味で信頼って言葉を使ったのだが……彩花は露骨に嬉しそうな顔を見せて。

「ふふっ……そっかそっか！　じゃあこれとこれだね！」

そのまま棚から、すげぇ高そうなカメラとスタンドマイクを取っていったんだ。

「…………」

まぁあんなことを言った以上、俺から文句は言えないわけで……。

「……これって会社がお金出してくれたりしないのかな」

「分かんない。少なくとも私の時は無かったよ！」

「あ、そう……」

じゃあ絶望的じゃねぇか。でもまぁ一応マネージャーさんにでも聞いてみようか……昨日塩沢さんから連絡先は聞いたし、挨拶くらいはしておきたいからな。

思いながら俺は歯を食いしばり、彩花が選んでくれたマイクとカメラを持ってレジに向かって行った。その途中、彩花がこんなことを俺に聞いてきて。

「類は初配信でどんなことやるか考えた？」

「まぁ……先駆者に習って自己紹介とか。つぶやいたーで質問とか募集しようかなって」

「おお、いいね！　質問の選定とか手伝おっか？」

「……いや、大丈夫だ。今回は全部自分の力だけで作り上げたくてさ」

彩花の優しさはありがたいが、最初から彩花に頼ってばかりだと成長出来ないと思うからな……そしてそれを聞いた彩花は、一瞬驚いた表情を見せたものの。

「そっか。類がプロ意識みたいなの持ってくれて、私も嬉しいよ！」

また微笑んでくれた。やっぱこいつには笑顔が一番似合ってるな。

そして無事に機材を購入した俺は、袋を持って帰り道を歩いていた。

「今日はありがとな、付き合わせちゃって」

「ううん、私から誘ったんだし。楽しかったから全然いいよ！」

「そっか。なら良かった」

言いながら俺は隣を見る。並んで歩くなんてことは随分と久しぶりなのに、俺らの歩幅が揃っていることに少し驚いてしまった。やっぱり幼い頃の記憶が刻まれているのだろうか……？

「……ね、類。こうやって一緒に帰るのっていつ以来だろうね？」

「え？　えっと……小学生の時だから……下手したら十年前くらいか？」

その俺の答えに彩花は笑って。

「あははっ、そんなに経つのかー。でも類は中学生の時は全然一緒に帰ってくれなかったから、本当にそれくらいかもね？」

「……」

俺は何も言えなくなってしまう……確かに中学になってから、俺は思春期真っ只中で。名前も覚えてないような同級生に彩花といるところをからかわれてからは、一緒に帰るのをやめたんだっけ。彩花と疎遠になっていったのも、丁度その辺りからだろうか……。

「……ごめんな？」

気づけば俺は謝っていた。当時はあまり気にしてなかったが、思い返せば俺って、結構彩花（あやか）に対して酷（ひど）いことをしていたかもしれない。……でも、彩花（あやか）は慌てたように首を振って。

「ああ、いいって！　そんなつもりで言ったんじゃないし……それに私、とっても楽しみにしてるんだよ？　類（るい）の配信をさ」

そうやって言ってくれたんだ。俺に気を遣わせないよう、話題を変えてくれたのだろう。

「ああ。ありがとな」

「あと……また一緒に買い物行こうね！」

「ん？　ああ。デバイスが壊れたらまた相談するよ」

「……うん！」

そんな会話をしながら俺は彩花（あやか）を家まで送っていった。一人になった後の帰り道は静かで、何だか少し寂しくなってしまった……って思った自分に対して驚いてしまった。

【二章】
伝説の始まり

それから家に帰った俺は、バイトのシフトを変わってもらう連絡をして、VTuberについての知識や配信の基本を学んでいった。続けて配信の練習もした。独り言をあまり言わない俺からすれば、一人でマイクに向かって喋り続けるという行為が、とても難しいということにやっと気がついたんだ。マジで配信者ってすげぇ人ばかりなんだな……。

そして初配信で使う自己紹介のスライドと、台本もびっしり書き上げた。もちろんそれを書くのにはとても苦労した。今まで真剣に文章を書いてこなかった自分を呪ったよ。

……で、次の日。俺は付いてくれたマネージャーさんと通話をして、つぶやいたーの操作を習いながら、俺は『ルイ』のアカウントで挨拶と質問の募集を行った。

そしたらものの数分で、数千のフォロワーと数百もの質問コメントが付いた。こんな異常なペースで数字が増えていく現象に、俺はめちゃくちゃ怖くなったんだけど……何とか丸一日かけて、質問をピックアップするのには成功したのだった。

────で。そんなこんなで迎えた初配信日。

「……震え止まんないんだけど」

パソコンの前で、俺はめちゃくちゃ緊張していた。現在の時刻は午後七時過ぎ……丁度俺の前の夕凪リリィが、初配信を行っている時間である。

　俺は少しだけリリィの配信を覗いてみたが……視聴者を五万人も集めている中、アカペラで熱唱しているのを見て、ページを閉じてしまった。別にリリィを敵視しているわけではない……それはマジで本当だけど。ただ自信満々にやりたいことをやっている彼女に圧倒されてしまったんだ。

「…………はぁ」

　でも何もしていないと、緊張で吐きそうだし……待っている間、何をしようか……もう一度台本でも読み込んでおこうか。うん、そうしよう。そう思った俺は、机に置いていたクシャクシャの台本を手に取った——瞬間。

「……ん」

　スマホからメッセージの届いた音がした。それを取って見ると……そこには。

『初配信頑張ってね！　応援してるよ！』

……と、彩花からスタンプ付きで文が送られていた。反射的に俺は……彩花に電話を掛けていた。そしたらすぐに彼女は応答してくれて。

『もしもーし、類？　何か分からないことでもあった？』

「いや、そういうわけじゃなくて……」

『だったらどうして？　……あ、もしかして私の声でも聞きたくなっちゃった？』

「…………」

『……や、えっと……そんな黙られると怖いんだけど。いつもみたいにツッコミ入れてよ』

彩花は困惑していた。実際その通りだったので、俺は否定が出来なかったんだ。

「……ごめん。緊張してるんだ。でもまだ俺にはVTuberの友達もいないし、同期は配信中だ。マネージャーだって、まだ一回しか話したことないから……」

『だから私に？』

「……ああ」

そしたら彩花は『んふふっ！』っと心底嬉しそうに笑って。

『そっかそっか！　遂に類も私を頼るようになったんだね！　……って、今はこんなこと言ってる場合じゃないか。本気で困ってそうだもんね』

「ああ、マジで困ってる」

俺は縋るように言う。それが面白かったのか、彩花はまた笑って。

『ふふっ。じゃあー先輩としてアドバイスするけど……まずは堂々としてることだね！　緊張してもいいけど、それを悟られちゃダメだよ！　だって今から一時間後の類は、魔道士ルイ・アスティカなんだから！』

「そっか……役になりきらなきゃいけないんだな」

『なりきるんじゃなくて、なるんだよっ！』

彩花はそうやって言うが……前のコラボの時、結構彩花そのものが出てなかった？

「まぁ……それは分かったよ。他は？」

『そうだねー。やっぱり初配信って期待してみんな来るから、何か見せられるものがあったらいいかもね。声真似とか類、得意でしょ？』

「そんな世界に公開出来るほど、上手い声真似とか持ってないって……というかそんなことしたら、ルイのキャラが崩壊するだろ？」

『あぁー。確かルイって、学校最強の魔道士って設定なんだっけ…………うわぁ。女性人気出そうだなぁこれは……』

「なんで嫌そうなんだよ」

そう聞くと、彩花は大きな声で否定して。

『べっ、別に嫌じゃないけど⁉　……まぁでも。こういうクールなキャラがデレたり、可愛いところにみんな心奪われると思うから、徐々にそういった部分も見せていったらいいと思うよ』

「なんかアドバイスがガチだな……」

ここまで彩花が考えているのに少し驚いた。彩花って意外にも策士なのかもしれないな……？

『……あ、そろそろ夕凪リリィちゃんの配信が終わりそうだよ』

彩花は裏でリリィの配信を流していたらしく、配信が終わりそうなことを俺に教えてくれた。

リリィの配信が終わるってことは……これ以上、通話は続けられないってことだ。

「……ああ。ありがとな、彩花」

『ううん、いいんだよ。私も久々に頼ってくれて嬉しかったから！』

「そっか。じゃあな」

『うん、応援してるよ！　類！』

その彩花の言葉は、両方の『ルイ』に呼びかけているような気がした。

……そして、何とか心を落ち着かせられた俺は通話を切って、モデルやＢＧＭなど配信の準備に取り掛かった。それからしばらく台本を読み込んで、待機をして……配信開始時刻になった瞬間に、マイクの電源を入れて。ルイらしい声で、俺はこう発したのだった。

「……ふーっ。初めましての方は初めまして。スカイサンライバー所属、魔道士のルイ・アスティカだ。どうぞよろしく」

俺の言葉に【待機】や【期待】など、緩やかに流れていたコメントは一変し、【おっ】【まさか】【きたあああああ】など勢いのあるモノに変わっていった。

「俺の初配信にこんなにも多くの人が集まるなんて、思ってもなかったよ……本当に感謝してる」

【イケボじゃん】

【ええ声してる】

【頑張れ】

【感謝感謝！】

「それで……実はこの中には、俺と初めましてじゃない人もいると思うんだ」

【ん？】

【どういうことだってばよ】

【もしかしてルイって】

【レイちゃんの配信に出てた、あの人じゃね？】

【似てるとは思ってたが、マジだったのか!?】

俺の言葉でコメントは盛り上がりを見せる。実は配信前から公表されていた名前や立ち絵で、俺の正体を予想していた人もちらほら見かけていたが……声は公開していなかったため、確証まで至っていなかったみたいだった。

「そう、三ヶ月くらい前だったかな。俺は友人のレイの配信に出ていたらしいんだよ。あまり記憶が残っていないんだけどな」

【らしい？】

【記憶が無いってどういうこと？】

【声と性格変わってません？】

「声と性格変わってません……って。まぁ、あの時はレイが黒魔術か何かを使って、俺の精神を操って呼び出していたみたいなんだ。だからあの時の俺は、偽物(にせもの)の俺だったんだよ」

ここで俺はレイが魔術師という設定を活(い)かして、最初に配信に出てた自分は本当の自分じゃなかったということにした。これで多少は、あの時の俺のイメージを払拭(ふっしょく)出来るとは思うんだけど……。

【なるほど】

【そういう設定かw】

【とりあえずレイちゃんとは友達ってコト？】

【そういやレイって黒魔術師だっけ】

【俺はあの即死コンボ、忘れてないぞ!!】

「……まぁ。メタい話すると、レイはスカサンに所属してない人を勝手に配信に出したから、一応怒られはしたらしいぞ。俺には言わなかったけどな」

【草】

【そりゃそうか】

【運営に何も言ってなかったのかよ】

【面白さで全てカバーしてたからな、あの配信は……】

「でもそのお陰、って言っていいのか分からないけど。あの配信で俺がスカサンの偉い人に見つかって、スカウトされて、今ここに立っているんだ。だからレイには一応感謝してるよ……記憶無いんだけどな」

【レイちゃんありがとう】

【さすレイ】

【黒魔術かけられてお礼が言える聖人】

【スカサンにスカウト枠とかあったんだな】

「まぁレイの話はその辺にしておいてだ。俺の自己紹介をしたいと思うよ。俺はルイ・アステイカ。十六歳。魔法学校オーウェンに通う、ただの学生だ。得意魔法はほぼ全てだ」

【全部!?】

【チートキャラきたあああああああ】

【強いて言うなら何魔法が得意?】

「んー。強いて言うなら闇属性だけど……これを言うと、誰かさんのアイデンティティを奪いかねないんでな」

【あっ】

【一体誰のことなんやろうなぁ……?】

【何・アズリルちゃんの悪口はやめなよ!】

【やっぱこいつレイちゃんのこと好き過ぎだろ】

……レイのこと好き過ぎるというよりは、運営側がかなりレイに設定を寄せてくれただけなんだけどな。

「それで性別は男で、身長は一六三センチ。少し小さい気はするけど……これから伸びるから慌てなくていいはずだ」

【強がるな】

【かわいい】

【かわいい】

「かわいくはない。それで次は、衣装紹介をしたいと思うよ」

そして俺は事前に受け取っていた、衣装などの資料を画面に表示した。

「どん。これが俺の衣装だ。頭に被(かぶ)ってる、でっかいとんがり帽子が特徴だね。あとこの黒のコートも気に入ってる。余程のことがない限りこれは脱がない……あまり素肌を見せたくはないからな」

【ふーん、えっちじゃん……】

【そそりますねぇ！】

【エッッッッッッ】

「あと、このオレンジ色の瞳も自慢だ。この隠された右目には封印されし魔眼が宿っているとか……いないとか」

【どっちだよ】

【†魔眼†】

【かっけぇ……】

【恥ずかしくなってきた】

　奇遇だね。何だか俺も身体がムズムズしてきたよ……でも、俺はルイ・アスティカ。こんなところで恥ずかしがってはいけないのだ。

「……はい。じゃそういうわけで、次は設定だね。さっきも言った通り、俺は魔法学校に通う一般生徒だ。配信を始めたきっかけは、友達に誘われたから……はい、次」

【はやい】

【なんでここはサクサクなんだよ】

【照れてるの？】

【友達ってレイちゃんのことですか⁉】

　この辺のコメントは上手く捌ききれないと判断した俺は、とりあえずスルーして……次のページへとスライドを進めていった。

「じゃーん。タグ発表だね。実は俺、タグを決めるっていう文化を全く知らなくてさ。自分でせっせと考えたんだよ」

【かわいい】

【かわいい】

【いちいち言い回しがあざとい】

【えーみんなで決めようぜー？】

「みんなで決めるのは時間が掛かりそうだったから、自分で決めたんだ。ごめんな。これもサクサク発表していくよ……配信のタグは『ルイルイらいぶ』だ」

【え？】

【草】

【かわいい】

【聞き間違えた？】

【ルイってそういうキャラなの？】

【なんで繰り返すんだよ】

【らいぶがひらがなの理由は？】

「ルイを二回繰り返してるのは、他のルイさんとの差別化だな。ひらがなのは、全部カタカナだと堅く見えたからね」

【一応考えられてるのか】

【でも女児っぽいのは拭えない】

【こっちが本当の幼女枠だった件】

【リリィと見た目交換しろ】

「ファンアートのタグは『ルイルイあーと』。ファンネームは『ルイ民』でいこうと思ってるよ。どうかな、ルイ民のみんな？」

【うん、まぁ……】

【拒否権無いじゃないか】

【ルイボーイにしろ】

【俺はかっこいいと思うよ!!】

「あれ、結構いいと思ったんだけど……まぁ賛同してくれるコメントもあるし、これでいっか。それじゃあ次いくよー」

そう言ってまた俺は、次のスライドを表示させた。

「どん。これから配信でやりたいことだね。基本的にゲーム実況が主になると思うけれど、慣れていったら雑談とかもやりたいかなって思っているよ。まぁ……喋るのは全く自信ないけどさ」

スライドには『これから配信でやりたいこと』と書いていて、その下には俺が得意なゲームのタイトルを何個か羅列していた。その一番下に『雑談』と小さく書いていたが……今見るとすげぇ恥ずかしいな。面白いのか、このユーモアは……？

【ゲーム系かー】

【ゲームいいね。上手(うま)いの知ってるからもう期待してる】

【雑談ちっさｗｗ】

【レイちゃんとまたコラボしてください！】

……まぁ笑ってくれてる人もいるみたいだし、いいのかな。

「……じゃ。最後は来ていた質問を返していこうと思うよ。結構適当に選んだから、あまり面白い答えが出来ないと思うけど、許してな」

【許さない】

【私は許そう……】

【だがこいつが許すかな!!】

「トミーガン出してくんのやめーや……はい。まずこれ。『どんなゲームをしますか』だね。これはさっきも出した通り、『スマファイ』や『まりカ』とか、ニャン天堂系のゲームをよくやるよ。最近出た『シュプラトーン』も気になってるね」

【おっ、いいね】

【視聴者とも対戦してくれ】

【またレイちゃんをボコってください！】

【アーペックスとかやらないの？】

（アーペックスとは……ここ数年、爆発的人気を誇っている無料バトロワゲーのことである）

「ああ。もちろんアーペもやってるけど、他のゲームと比べてあまり得意じゃないんだよ。昔から一人でゲームすることが多かったから、チームゲームは苦手なんだよね……もちろん練習はしていきたいんだけどさ」

【ぼっちか……】

【分かるよ、一人の方が気軽だもんな】

【シュプラもチームゲーだぞ】

【レイとやれ】

「どんだけレイとさせたがるんだよお前らは……はい次。『誕生日はいつですか』これは六月一日だよ。ルイの日だから覚えやすいな」

【語呂合わせ？】

【そんな日はないぞ】

【初めて聞いた】

「どうしてお前らは素直に受け止めてくれないんだよ……はい次。『リリィちゃんの印象を教えてください』か。意外と同期について知りたい人が多くて驚いたよ。まぁリリィは……とんでもなくぶっ飛んだヤツ。それだけの言葉で十分なんじゃないか？」

【草】

【たしかにそう】

【常識人枠がこっちなのは驚きだった】

【正直ルイで癒やされてるからな】

コメントを見るに、リリィは初配信で相当はっちゃけたらしい。まぁリリィが芸人ポジションでいてくれたら、俺は無理に笑いを取りに行かなくて済みそうで、非常に助かるんだけどな。

「で、次は『始まりや終わりの挨拶はなんですか』……果たしてこれは決める必要があるのか？」

【あるよ】

【大いにある】

【なきゃだめだよ】

【こんルイにしろ】

【こんレイでいいんじゃね？】

「えっとまぁ……その辺は自然に決まりそうだし、これは俺から決めるようなことはしないよ。適当にいろんな挨拶してってくれ。そこから俺が真似るからさ」

【マジで!?】

【よっしゃ！　こんルイ流行らせよう！】

【こんルイにゃんにゃんにしよう】

【レイちゃんは誰にも渡さない！　……どうもルイです】

早速コメントが大喜利化してきたな……流石にこの中からは選ばないけど。

「はい……で、これが最後の質問。『目標はありますか』だね……これはな。考えたんだけど、中々思いつかなかったんだ。正直に言うと、俺はVTuberについてほとんど知らないし、チャンネル登録者だってそんなに興味はないんだよね……もちろんいるに越したことはないと思ってるけどさ」

【ほう……】

【正直すぎんか？】

【リリィは登録者1億人目指すって言ってたぞ】

「それで考えて考えて……たどり着いた答えが『楽しむこと』だったんだ。せっかくこんな不思議で新しい世界に来たんだから、俺自身も見てるみんなも笑顔になるような……そんな配信をやっていきたいと思ってるんだ。まだ自信はそんなにないけど……こんな俺を応援してくれたら嬉しいな？」

【いいじゃん】

【泣いた】

【自分……涙いいっすか？】

【オラァ！　推させろ!!　早く金も投げさせろ!!】

「口が悪いだけのいいヤツもいますと……はい、じゃあそういうわけで。リリィに比べて少々退屈だったかもしれないけど、ここまで見てくれてありがとう。本当に感謝してるよ」

【感謝感謝ッ】

【終わりかな？】

【好きだぞ、ルイ】

【次の配信はいつですか？】

「えっと次の配信は……三日後とかになるかもしれない。何かゲームでもしようと思ってるけど、内容や日にちが変わるかもしれないから、その時はつぶやいたーで報告するよ……じゃあ本当にありがとう、さよならだ！」

【楽しかった！】

【お疲れ様】

【普通にファンになったわ】

【おつルイ！】

【おつレイ！】

【おつレイ混じってて草】

そして俺は無事に配信を終えた…………つもりでいたんだ。

…………配信前、俺は様々なことを練習していたが、ひとつ練習していないことがあった。

それが、配信終了の練習。まぁ練習と言っても『ライブ配信を終了』のボタンを押すだけで済むから、そんなものは必要ないはずだが……やっぱり配信に慣れていない俺は、こんな初歩的なミスを犯してしまうモノで。

「……ああ、マジで緊張したぁ…………！」

【ん？】

【あれ】

【声入ってますよ】

【これはまさか……】

【切り忘れだあああああああああ】

【助けてやってレイちゃん!!】

　そんな配信されたままの状態になっていることはつゆ知らず……俺は完全に素の声に戻っていた。

「ふぁぁーあ……終わったぁー」

　プレッシャーから解放された俺は、大きな欠伸をした……さて。これから何をしようかな。

　エゴサは……怖いからやめておくか。ボコボコに言われてたら普通に立ち直れないし。するにしても、もっと精神が安定してる時にやるべきだろう。

　彩花に電話……はしなくてもいいか。確かにアイツには元気づけられたけど。配信前にも配信後にも電話したら、何かアレみたいじゃないっすか。ほら……めんどくさい男女の関係のアレ。だからまぁ……お礼は今度会った時にでもしておこう。きっとそれでも彩花は許してくれるはずだ。

でも寝る……にしても少し早い気がするなぁ。今は午後九時前だし、明日のバイトも午後からだったはずだ。まぁだからといって、アーペのランクを上げる元気は流石に残ってないしなぁ……んじゃ、とりあえずは……。

「飯でも食うかな……」

夜飯を食べていなかったことを思い出した俺は、キッチンに向かった。もちろん自炊する元気も無いし、弁当も無いから……結局はいつものこれになるわけで。俺はダンボールに積まれてある、カップ麺のひとつを手に取った。

「やっぱこれだね～とんこつラーメン」

呟きながら俺は好物のカップ麺の蓋を開けて、電気ケトルでお湯を沸かす……そのお湯が沸くまでの間、俺はリビングに戻って、パソコンで動画でも見ることにした。

鼻歌を歌いながらカチカチとクリックし、ＹｏｏＴｕｂｅを開く。ここ数日、ＶＴｕｂｅｒの知識を得るために、ＶＴｕｂｅｒ関連の動画ばかり見ていたから、俺のホーム画面はＶＴｕｂｅｒの配信やその切り抜きで埋まっていたんだ。それじゃあせっかくだし……。

「勉強しとこっかな」

でも勉強といっても、ＶＴｕｂｅｒの先輩は皆面白い人ばかりで、実際俺はそのＶＴｕｂｅｒというコンテンツを普通に楽しんでいた。まぁ、俺がこの中の一員に加わっているという実感は、未だに無いんだけどね……おっ。『天才スナイパー蓮見来夢、圧倒的な実力を見せ付け20キル』か……これは気になるね。

確かこの蓮見来夢という少女は、スカサンに所属してるライバーの一人だったはずだ。調べていたから存在は知っていたが……そんなにゲームが上手い人だったのか。これはチェックせねばな……俺はその動画をクリックした。

広告の後、動画は再生された……どうやらゲームはアーペのようで、画面端にはヘッドホンを首にかけている、紫髪赤目のＶＴｕｂｅｒの少女は、ぴょこぴょこ左右に動いていた……って。

「……えっ？」

思わず俺は声を上げてた。アーペでは画面右下に持ってる武器が表示されるのだが……彼女の持っている武器は二丁とも長物と言われる、スナイパーライフルだったんだ。いやいや、流石にこれは初動でいい武器が拾えなかっただけだろ……？

『おー。いいの落ちてるよー』

画面の中の少女はダウナーな声で、強武器と呼ばれているサブマシンガンにピンを刺した……いや、なんでだよ。

「拾わんのかい」

思わず俺は画面にツッコむ……そしてどうも彼女は、激戦区と呼ばれるプレイヤーが多く降下する場所に降りていたようで、複数の部隊による戦闘が繰り広げられていたんだ。

『ふふ、こんなにいい装備拾ったからには、負けるわけにはいかないね』

いい装備って……流石に初動スナイパーは外れに近いんじゃ……？　いやサブマシンガン落ちてたんだけどね……とそんな俺の不安をよそに、彼女は動いて。民家に隠れながら、別部隊と戦っている敵キャラの頭を撃ち抜いたんだ……スコープ無しで。

「え、うまっ！」

また俺は声を上げてしまう……そして来夢さんは当然のように笑い声を上げて。

『へへー。よそ見しちゃだめでしょー』

そうやって言いつつ、来夢さんはリロードを挟む。そこで発砲音で気づいた敵が近づいて来るが……その敵にも落ち着いて照準を合わせて、一発、二発と弾を直撃させ、相手キャラをノックダウンさせたんだ。

「ええ……強すぎだろ……」

あまりの上手さに俺は絶句していた……そして彼女は誇らしげに。

『まぁー、スナイパー持ったウチの前に立つなんて、それはもう倒してくださいって言ってるようなものだから……』

その間、他の敵が移動スキルを使って、こっそりと裏取りしていたらしく……突然背後から銃声と、アーマーの削れる音が聞こえてきた。

『ふぎゃっ!?　ちょ、やばっ、助けっ……！』

そこで撃たれていることに気づいた仲間が駆けつけたようで、その敵をフォーカスして一気にダウンに持っていったんだ。

『……ふぅ。やっぱり持つべきものは仲間だね。ありがとー』

そして何事も無かったかのように、落ち着いた声に戻った来夢さんは回復を巻き……また、物資を漁りに来た敵の頭を撃ち抜いていくのだった。ああ、ちょっとだけ人間っぽい可愛いところが見られて安心したぜ……まぁ腕がバケモノなのは変わらないんだけど。

で……俺はその動画を夢中で最後まで見て……そして終わった頃にようやく、ケトルでお湯を沸かしていたことを思い出した。

「……あ。やべ、忘れてた」

それに気づいた俺は立ち上がって、ケトルの方へ歩いて行った……。

それから俺はお湯を注いだラーメンを片手に、また切り抜き動画を漁っていた。ふむふむ……来夢さんの別の動画も参考になりそうだし……お。伊吹さんの『テドロイド』実況動画もあるじゃないか。これは困ったね。

（テドロイドとは……選んだ選択肢によって物語が変わっていく、配信者の色がよく出る、アクションアドベンチャーゲームのことである）

「んへへっ、どれ見ようかな……」

気色悪い笑い声を上げながら、俺は様々なサムネを見ていった……ふむ。やはりここは伊吹さんのテドロイド実況で、ラーメンを啜っていくことにするか。

「………啜る～！」

俺は少し前に流行っていた、ラーメン系ＹｏｏＴｕｂｅｒの挨拶を真似した……何かもう練習のおかげか、独り言を言うのに抵抗が無くなってきたぞ。これが†成長†ってヤツだろうか……？

そして伊吹さんの動画を開き、俺は深く椅子に腰掛けて動画を眺めた……おっと、そろそろラーメン出来上がった頃だろうか。俺はペリペリとラーメンの蓋を全て開ける……うむ、こってりとした良い匂いだ。

『こんばんは、基山伊吹です。本日はこちらのテドロイドというゲームを実況していきたいと思います』

流石伊吹さん、丁寧かつシンプルな挨拶だ。俺もこういう挨拶を真似したいけど、きっと茶化されるかなぁ……考えながら割り箸を割る。

『あ、声が小さいですか？　調整しますね』

画面の中の伊吹さんは、丁寧に音量の設定をしていった。俺もこういった気遣いが出来るようにならないとなぁ……と思いながら、ラーメンを啜る。そこで……画面右にある関連動画欄に『レイちゃんのセンシティブボイスまとめ』という動画があるのに気がついたんだ。

「……センシティブ？」

俺は箸を止める……センシティブってなんだっけ。何かよく聞く単語だけど、どういう意味だろう？　俺の英語力じゃ分かんねぇや……まぁ。伊吹さんにも『レイの配信、見てないんですか？』って言われたし。アイツの切り抜きくらい確認しておこうかな。

そう思い、俺は伊吹さんのテドロイド実況動画を『後で見る』再生リストに追加して、俺はそのレイの切り抜き動画をクリックしたんだ。

そしたら画面に表示されるは『フィット×フィット』という、ニャン天堂のフィットネスゲームのストレッチ画面と、夏服？　を着たVTuber、レイの姿だった――

『……あっ、キツイっ……あっ、はぅっ……！　んっっ……！　ふああっ……！』

「ゴバハガッ！！！？？？」

艶めかしい彩花の声を聞いてしまった俺は、反射的に口と鼻からラーメンを吹き出す。え、何なになになにナニこれ⁉

「そんな声出んの⁉」

俺は画面にツッコむ……そのツッコミが正しいのかはさておき、俺の吹き出したラーメンの汁は、モニター、キーボード、そして裏返しにしたままのスマホに思いっきりぶっかかってしまったんだ。

「ああ……センシティブってこういうことかよ。とにかく早くティッシュ、ティッシュ……」

俺はテカテカになってしまった機器類をどうにかしようと、ティッシュを箱ごと持ってきた。そして急いでそれらを拭いていった……。

「うわぁ……スマホもビショビショ……いやコテコテだよ。電源入るかなこれ……？」

でも最近のスマホは防水機能も付いてるし、多分大丈夫だろう……と俺はテカった手でスマホを取り、電源を入れた。そしたらロック画面に出てくるはおやすみマーク……ああ、そういや配信中に通知とか電話とか来ないよう、全部オフにしてたんだっけ。

思い出した俺は、おやすみモードを解除した……そしたら止まらんばかりに溢れ出る通知。そのメッセージの相手は彩花は当然のこと、マネージャーさんやまだ絡んだことのない先輩ＶＴｕｂｅｒの方々。そして視聴者のからのつぶやいたーのリプも大量に届いていたんだ。

そこに書かれているメッセージの内容は一様に『配信切り忘れてますよ！』で…………え。

え、え？　ちょ、えっ？　へっ？

「……え、まって、まってうそうそ、ちょ、へ、やばいやばっぱい」

コテコテの指がなんのやら。俺はマウスを手に取り、配信ページに向かったんだ。そこには…………。

【やっと気づいた!!】

【やっほー！　見てるールイくん？】

【初っ端からやってしまったねぇｗｗｗ】

【大丈夫！　俺は何も見てない！　レイちゃんのエッッッな動画を見てたことなんて知らないから！】

【失望しました。チャンネル登録と高評価押しました】

【もう一回啜るーって言ってください！】

「…………………」

　馬鹿みたいに盛り上がってるコメント欄があったんだ……ヤバい。ねぇ、ヤバいってこれ!!

「……え、えっと……みんな。これ、ずっと流れてた？」

【うん】

【うん】

【まぁ……】

【流れてないよ!!】

【草】

【草を生やしていいのか分からない】

　……あっ。終わりだ。俺の、ＶＴｕｂｅｒ人生……スゲー早かったな……。

「……………一旦アーカイブ非公開にします。編集して、きっとまた出すので……」

【いいよ】

【了解】

【ルイのために切り抜きはやめたげてな】

【でももうつぶやいたーにも流れてるしなぁ……】

【ルイルイらいぶ、トレンド1位で草】

「……えー。それで。切り忘れで多くの方々に迷惑とご心配をおかけしました……ほんっっっっとうに申し訳ございませんでした!!」

【いいよ】

【大丈夫だよ】

【俺は許すよ】

【だがこいつ（レイ）が許すかな!】

【もうテンプレ出来てて草】

【面白かったしいいんじゃね?】

「視聴者のみんなも心配させてごめん!! じゃあ本当にまた!!」

【乙】

【おつルイ】

【おつレイ】

【おつレイー】

【二回目の初配信でも神回を起こす男】

【やっぱこいつ、伝説か？】

【まーたルイが神回作ったのか】

【冷静に考えて、二回目の初配信っておもしろすぎるｗｗｗ】

【一生推すぞ、ルイ】

……そして俺は逃げるように配信を切るのだった。

「…………うっ。うわぁぁああああぁぁあぁぁぁあああッ!!!!!!!!!!」

――その後の記憶はほとんど残っていない。ただ目覚めた時、枕元には普段飲まない、缶チューハイの空き缶が何本も転がっていたのだった。

そんなワケで次の日。

「…………うっ。あうっ……ああっ…………頭いてぇ……」

俺はうめきながら身体（からだ）を起こす……非常に身体（からだ）がダル重い。ンだよ……俺が何したってんだよ……？　俺はこの世界に逆ギレをかましながら、地面に転がっていたスマホを手に取った……そこには。

「………うげ」

酔いも覚めるほどの着信履歴とメッセージが残っていた。相手は彩花と、マネージャーさんと……ちゃっかりリリィもいるし。とりあえず優先すべきは……マネージャーだろう。俺は彼女から届いてたメッセージを開いた。

『配信切れてませんよー！』

『おーい！』

『「不在着信」』

『なにゆったり切り抜き見てるんですか！』

『啜った!?』

『それはまずいって!!』

『良かった気づいた！』

『「不在着信」』

……なんで途中、啜ったところで驚愕してんだよ。俺は更に下へとスライドした……。

『電話出てください！』

『もしかして寝ました？』

『「不在着信」』

『じゃあ起きたら速攻私に折り返してください！』

『速攻ですよ速攻‼』

『いいですねッ‼』

なんで最後の方、スタンド使いみたいな口調に変わってんの……？　まぁとりあえず……折り返せと書かれていたので、俺はマネージャーさんに電話を掛けたんだ。そしたら何コールか後に反応があって。

『もしもし、ルイ君ですか⁉　やっと起きたんですか⁉』

と、強い口調でありながらも、どこか笑ってしまうような可愛らしい声が聞こえてきたんだ。

ちなみに今更だが、俺に付いてくれたマネージャーさんは、根元さんという女性の方である。別に会ったりはしていないため……顔や年齢など、それ以上の情報は得られていない。

「あ、はい、起きました……おはようございます」

『もうこんにちはの時間ですよ！　まったく……』

その声を聞いた俺の頭の中では、小さな女の子が腕を組んで、プイっとしているような光景が浮かんできたんだ……オタクの想像力もここまでくると笑えてきますね。

「えっと、今……何時っすか？」

『午前十一時半です！　みんな眠たい中、お仕事を頑張っているお時間ですよ！』

午後から働く人もいるんじゃないの？　という屁理屈は置いといて……午前中ならまだおはようって使えそうじゃない？　まぁそんなこと言うと、また怒られそうだから黙っておくけど……。

『それでですね、ルイ君！　昨日とんでもない放送事故起こしたでしょ‼』

「う、うあああああっ……‼　思い出したくもないです……！」

放送事故、というワードで俺の頭は更に痛みを増す。確か昨日、俺はとんでもないことをやらかしたはずだが……あっ、ダメだ。どれだけ過去を美化しようとしても、嫌な記憶だけが蘇ってくるよ……！

『そういうわけにはいきません！　まずはルイ君、昨日非公開にした動画を公開してください！　もちろん、事故の部分は編集で切り取ってですよ！』

「あっ、はい……今からですか？」

『当然です！　アーカイブで見ようと思ってた人だって、大勢いるんですよ！』

「そ、そうっすよね……」

そりゃ、みんながみんな生で見られるとは限らないしな……俺は電話を繋げたまま、パソコンを起動させた。えっと、編集ってどうやってやるんだっけ……？

『あとですねルイ君！　それが終わったら、つぶやいたーの更新もしてください！　あれから音沙汰が無くて、みんな心配してるんですよ！』

「えっ？　ああ、左様でしたか……」

『さようです！　レイちゃんとかリリィちゃんにも鳩が飛んで、みんな困ってるんですよ！』

鳩が飛ぶ……？　何だそれ。そういう言い回しでもあるのだろうか？

「……とにかく、つぶやいたーも更新すればいいんですね？」

『そうです！　ご自身の言葉で謝罪をしてください！』

「はい……承知しやした……」

そして俺は慣れない手付きで何とか編集をし、放送事故部分の箇所を切り取って、俺の初配信のアーカイブを公開したんだ……まぁどうせ放送事故の切り抜きは、消せないほど上がってんだろうけどなぁ……。

『……公開しましたか？　次はつぶやいたーです！』

マネージャーは俺の手を休めないよう、定期的に声をかけてくる……だが二日酔い状態の俺は頭が回らず、何かもう限界に達しそうだったんだ。

「…………ああ。ダメだ、思いつかない。どれだけ言葉を練ろうと、ルイ民のみんなに馬鹿にされる未来しか見えないっすよ……！」

『……あのですね、ルイ君。あんまり私から方針とかキャラを決めるような、そういったことはしたくないんですけど……もうルイ・アスティカはクールキャラでやっていけないです！確実に！』

「ですよねぇ……」

初配信の内容だけなら、まだボロは出てなかっただろうけど……あの切り忘れ後の言動を全部見られてしまったら、もう最強魔道士なんて名乗れないよ。レイのエッチな切り抜き見て、ラーメン啜ってる変態でしかないもん……。

……はぁ。俺はもう一生お笑いキャラで行くしかないというのか……？　こんなにカッコいいキャラクターを貰ったというのに……！　女性人気も狙えたかもしれないのに……！　ちくしょう……ちくしょぉぉぉぉぉ……!!

……もうこれ以上何も考えたくなかった俺は、マネージャーにひとつ。こんな提案をしてみた。

「……あの、ネモさん」

『なんですか急に変な呼び方して……ちゃんとマネージャーって呼んでください』

「……根元マネージャー。今から配信してもいいですか？」

『えっ……うえぇっ⁉　なんでですか⁉　ルイ君はつぶやいたーで謝罪をすればいいんですよ！　なんで自ら傷をえぐりに行くようなことを……！』

「それは分かってます。でも……こんな百何文字でじゃ、指先だけじゃ、俺の言葉は伝えられないんですよ！」

俺はどっかで聞いたことのあるような、熱い台詞を繰り出した……のだが、根元マネージャーの反応はイマイチで。

『あの……カッコいいこと言ってますけど、謝罪配信するってことですよ？　それでまたルイ君がネタにされたり、切り抜かれてＭＡＤにされたりするってことですよ。それでいいんですか？』

しれっと怖いこと言わないでよ……でももうキャラ崩壊してるし、今更そんなこと心配しても仕方ないんだよなぁ……！

「……いいんです。俺はもう何も失うものは無いんですから……！」

『そう言われると逆に怖いんですけど……はぁ。分かりましたよ。じゃあ好きにしたらいいじゃないですか。何かあったら、私も一緒に頭下げてあげますから……』

「えっ、ホントですか……⁉ ありがとうございます、ネモさん！ 一生ついて行きます！」

俺を信用してくれたのが嬉しくて、つい俺は大きな声を出してしまう……それを聞いたネモさんは、若干呆れ気味に。

『多分その言葉、私が言う側なんですけどね……あと変なあだ名付けないでって何度も言ってるじゃないですか』

「あ、ごめんなさい……でもネモさんって、呼びやすくないっすか？」

『その二文字はもう、ギャンダムかホゲモンかの二択なんですよ』

「……へぇ、そうなんですか！」

『絶対伝わってないなこれ……はぁ。それじゃルイ君、今回は切り忘れないでくださいよ？』

「あはは、もう大丈夫ですよ！」

『やっぱり不安だなぁ、この子……』

そして俺はマネージャーとの通話を切り、配信を始めた。とりあえずつぶやいたーには、この配信のリンクだけ貼り付けておいた。そしたらみるみるうちに人は集まってきて……平日の昼だというのに、五千人近くの人が俺の配信に押し寄せたんだ。

【なんだなんだ】

【ゲリラ配信⁉】

【よかった、ちゃんと生きてた】

【生存確認】

【ルイルイ待機】

【会社のパソコンから見てます！】

お願いだからちゃんと仕事してくれ。まぁ昼まで寝ていた俺が言えたことではないんだけど……よし、そろそろ喋り始めようか。

「……あー。あーあー。聞こえるでしょうか皆様。どうも、ルイ・アスティカです。まずは昨日、配信の切り忘れにより、大変お見苦しいところをお見せしました……本当に申し訳ございませんでした‼」

【草】

【草】

【初手謝罪は面白すぎる】

【スカサン内で誰よりも先に謝罪配信を行った男】

【謝罪配信ＲＴＡ】

【キャラ崩壊早かったなぁ……】

【ラーメン啜ったただけなんだし許してあげなよ】

【別にルイは悪いことしてないんだよなぁ……】

「それで今後はこういったことがないよう、十分に……アレします！　えっと……指差し確認とか！」

【草】

【現場の猫かな？】

【ヨシ！】

【もう少し考えてから配信しなよｗｗｗ】

【それだけ早く配信したかったんでしょ】

【もしかしてルイくん寝起き？】

「えー、それで非公開にしていた、初配信のアーカイブも公開しました！　多分もう見れるようになっていると思います！」

【ありがとう】

【途中までしか見れてなかったから助かる】

【ラーメンのシーンは？】

【啜(すす)るー！　のシーンはカットしないでください！！！！！】

【何のラーメン食べてたんですか？】

「ラーメンラーメンうるさいよ君達は!!」

【だって気になるもん……】

【俺もルイと同じラーメン食べたい】

【今日のお昼はラーメンにしたいと思います】

【ちゃんぽん選んでも、ルイ君は僕のこと嫌いませんか？】

「だから俺はラーメン系ＶＴｕｂｅｒじゃないって言ってるだろ!!　はぁ……昨日食ったラーメンの名前言ったら、お前らは大人しくしてくれるのか？」

【うん】

【いいよ】

【知りたい】

【大人しくするから教えて】

「分かったよ……『うまうまとんこつ改』だよ。これで満足か？」

俺がそう言うと、大半のコメントは困惑し始めた。

【？】

【え、知らない】

【聞いたことないや】

【どこで売ってるのそれ？】

だがそんな中、一際輝くコメントが俺の目に入ってきて……！

【ああー。確かそれ、九州限定のヤツだろ？　うまとんは俺も好きだよ】

「おっ、そうそう！　よく知ってるな、お前！　あのこってり感は、このラーメンが一番なんだよ！　でも九州限定だからといっても、取り寄せたらどこでも食べられるし、それに袋麵も発売しているから、こっちの方がコスパ的にもお得だぞ！」

【急に早口になって草】

【オタク特有の早口】

【やっぱラーメン系Vだろお前】

【ラーメン系の割に見た目がカッコ良すぎる】

【そんな格好でラーメン作るな】

「だから俺は魔道士だって言ってるだろ!!　あんま舐めてるとお前ら焼き尽くすぞ!?」

【おっ、火力上げてくれるの助かるねぇ！】

【はい、バリカタ一丁！】

【らっしゃっせー！】

「コメント欄でラーメン屋開くなぁ!!」

【草】

【草】

【草】

【草】

【ルイ君がラーメン屋でバイトしてるファンアートください】

【ルイのラーメンで笑顔になるレイちゃんもください】

【よしきた】

「絵描きまで腰上げちゃってるよ！　何か見たことあるよ、この人！」

聞いたことのあるイラストレーターがコメント欄に出没したようで、俺の視線はそっちに向けられた。そんな中、更に見たことのある名前と美少女アイコンが下から現れてきて……。

【ルイ！　あたしにもラーメン作ってくれ！】

【リリィ!?】

【本物!?】

【本物だぁあああああ】

【リリィちゃん来てる！】

【これでヤバい同期の二人が揃ったな！】

「…………なんでお前まで来てんだよおおおおおおお‼」


――そんなこんなで配信は盛り上がり……？　二十分ほど時間は過ぎた。謝罪配信だからパッと言って、パッと終わるつもりだったのに……どうしてこうなった。

「……えーっと、それでだな。今回みたいなことがあって、レイやリリィに俺のことを聞きに行く人がいたみたいなんだ。もちろん俺を心配してくれてのことだろうが……迷惑行為には変わらないから、今後はそういったことは控えるように頼むよ」

【ごめん】

【許してよ～】

【分かった】

【でもルイがまた切り忘れたらどうすればいいんだ？】

【あたしがレイに連絡して、家凸してもらうから大丈夫だぞ！】

【まだリリィちゃんいて草】

「いやリリィ、次は通話も繋がるようにするから大丈夫だってば。まぁ……これ以上失うモノは何もないから、そんなに怯える必要もないんだけどな」

【草】

【草】

【ちゃんと怯えてくれ】

「はい……じゃあ今日のところはこの辺で。ルイ民のみんなも、昼からの仕事や勉強頑張るんだぞ？」

【嫌です】

【当然ノージョブです】

【勉強したくないよおおおおお!!】

【このままゲーム配信やらないか？】

【退屈な謝罪配信なんか抜け出して……次の枠、行こ？】

「パーティー抜け出す人みたいに言うな。それに俺だってな、これからバ――――」

【ば？】

【バイト？】

【バイトかな】

【バカンスだろ】

……やべ。これ以上墓穴を掘るわけには……！

「……じゃなくて、補習があるんだ。だからこのまま配信を続けることは出来ない」

【そっかー】

【残念】

【優等生なのに補習あんの？】

【家系ラーメン屋のバイト頑張ってください!!】

「まぁ優等生にも色々あるんだよ。それじゃあみんな、お疲れ様。次はちゃんとした配信で会おうな」

【おつ】

【乙】

【おつルイ】

【おつレイ】

【おつラーメン】

【おつ麺】

【ラーメン】

【メンメン】

「やっぱり挨拶は統一するべきなのか……？」

そんなことを呟き（つぶや）つつ、俺は配信を終了したのだった。

　終わった直後、またネモさんから電話が掛かってきた。きっと配信を見てくれてたのだろうな……俺はノータイムでそれを取る。

「もしもし、根元マネージャーですか？　配信、どうでしたか？」

『どうでしたって……ルイ君はあれで良かったんですか？』

「えっ、まぁ……はい。ちゃんと謝罪は出来たし、それなりに良かったと思います。視聴者もそんなに怒らず、笑ってくれましたからね」

　そしたら数秒間の沈黙の後……ネモさんは口を開いて。

『そうですか。だったら私が言うことは何もありませんよ……お疲れ様です、ルイ君』

「あっ、えっ……？」

　まさか労われると思っていなかった俺は驚いて、声が出なくなってしまった……それでネモさんは続けて。

『どうして驚いてるんですか？』

「いや、だって、俺が無理やり謝罪配信して、根元さんに迷惑かけたのに……」

『ああ、そんなのいいんですよ。マネージャーってそういう仕事ですから。それに……』

「それに……？」

『ルイ君の放送、とっても面白かったですもん！』

「……！」

俺はハッと目を見開く。視聴者のコメントでは、みんな面白いと言って笑ってくれてたけど……こんな風に直接、配信を褒められたのは初めてで。俺はめちゃくちゃ嬉しいと思ってしまったんだ。

「あ、ありがとうございます！　あの……今更ですけど、こんな何も分かっていない俺のマネージャーなんて大変だと思いますけど……これからよろしくお願いします！　根元マネージャー！」

『ふふっ……ネモでいいですよ？』

「えっ？」

『ネモでいいと言ってるんです。まぁ、あまり好きなあだ名ではありませんでしたが……不思議とルイ君なら許せる気がするんです。だからルイ君が呼びたいように、私のこと呼んでください』

「え、いいんですか！　じゃあネモさんって呼びます……ってうわやべっ、もうこんな時間だ！　マジでバイト行かなくちゃ！」

ネモさんと喋りつつ、壁に掛かっていた時計を見ると、もう針は十二時過ぎを指していた。今日は十三時からのシフトなので、流石にそろそろ出る準備をしなくてはならないのだ。

「じゃあネモさん！　そろそろ支度しなきゃいけないので、失礼しますね！　本当にありがとうございました！」

『ええ。頑張ってくださいね、ルイ君！』

「……はいっ！」

そう元気に返事をして通話を切り、俺はバイトに向かう準備をしたのだった。

……そんなわけで八時間後。

「だぁあああああっ……疲れたぁ……」

バイトを終えた俺は、自宅へと帰還していた。ああ、謝罪配信からのバイトは中々にハードだったぜ……やっぱりバイトの時間、少し減らしてもらおうかな……うん、そうしてもらおう。じゃないと俺の身体が持たないからな——。

「……ん？」

そんなことを考えていると、スマホから着信音が鳴り響いてきて。手に取って見ると、そこには『彩花』の二文字が表示されていた。ああ、そういや彩花と最後に連絡取ったのって、初配信の前だったっけ……まぁ昨日のことなんだけど。

結構疲れてるけど、向こうから掛けてくれたみたいだし。お礼も言いたかったから、丁度良かったや……そう思った俺は応答のボタンをスライドして、電話を取った。

「もしもし？」

そしたらいつもの彩花の声が聞こえてきて。

『もしもーし、類ー？　そっちから連絡しにくいだろうと思ったから、こっちから掛けてあげたよー？』

「えっ？　どういう意味だ？」

俺がそう尋ねると、少しだけ彩花は言い淀んで……。

『んーと……放送事故のこと、忘れたの？』

「あっ」

放送事故、という単語でまた嫌な記憶が蘇ってくる……ああ、そうだよな！　彩花だって俺の初配信、ちゃんと見てくれたはずだもんな！　ってことは、配信切り忘れた後の俺の行動も見てないわけがないもんな!!

ラーメン啜りながら、レイのセンシティブ切り抜きを見ている俺のことをッ……！

「……え、えーっとだな。その、アレは何というか……ＶＴｕｂｅｒについて勉強しようと思って、切り抜きを見てて……それでまぁ、間違えて押したと言うか……」

『……』

俺は喋りながら何とか言い訳を探していったが、彩花は何も答えないままでいた……えっ、もしかして怒ってるのか……？

……いや普通そうだよなぁ！　だってあんな何万人も見ていた配信で、自分の恥ずかしい切り抜き流されたら、誰だって怒るよなぁ！　俺だったら怒るもん!!

　これ以上、下手な言い訳してもマズいと思った俺は作戦を切り替え……謝罪する方向へと舵を切った。

「いや、ごめんって彩花！　でもマジでわざと流したわけじゃないんだよ！　信じてくれ‼」

　……そーんな必死な俺の謝罪が功を奏したのかは知らないが。彩花は徐々に笑い声を大きくしていって。

『……ふふっ、ははっ、あははっ！　分かってるって！　類が自分からそんな動画見るわけないもんね！　ちょっとからかっただけだよ！』

「あ、そう……なら良かったよ……」

　いや別にからかわれるのは良くはないが。怒っていないのなら、ひとまず安心したよ……。

「……ちなみに。あの『フィット×フィット』の動画、彩花は狙ってやっていたのか？」

『狙ってって？』

「いやだから……そういう声を出したら、視聴者は盛り上がると思ったとか、切り抜きされて話題になると思ったとか……」

『…………それはナイショ』

「あ、そう……」

　まぁ内緒ってことは、そういうことなんだろうな……意外と彩花は策士ってこと知ったし。チャンネルを伸ばすために、色々と頑張っているんだろう……今更だけど、レイのチャンネル

って何年目なんだろうな……？

『……ま、切り忘れとか色々あったけど、類のことはめちゃくちゃ話題になったし。結果としては大成功なんじゃない？』

「そうかなぁ……俺としてはあんまり納得いってないんだけど……いきなり変な設定付けられちゃったし。全部、切り忘れた俺が悪いんだけどさ」

『それってラーメンのこと？』

「ああ」

まぁ他にもレイ好きだの、幼女枠だの色々と言われたけども……魔道士がラーメン好きって、やっぱり世界観おかしくないか？　それともみんなは気にしていないでくれているのか……そんな俺の悩みを察したのか、彩花はまた笑って。

『ふふっ、そんなに気にしなくても大丈夫だよ！　ＶＴｕｂｅｒってのは、キャラクターと中身がうまい具合に融合していって、徐々に形成されて……そして完成していくものじゃないかなって、私は思っているんだ！』

「うーん……？　未だによく分からないな……」

『きっと類も後から分かるようになるって！　とにかく……お疲れ様だよ、類！』

そして彩花も、俺に労いの言葉を掛けてくれたんだ。何だかんだ彩花って、誰よりも俺の初配信を心配してくれた人だもんな……俺もお礼を言っとかないと。

「ああ、彩花もありがとう。助かったよ」

『えへへ……あ、そうそう！　類に電話したのは、もうひとつ理由があってね！』

「何だ？」

『コラボのお誘いをしようと思ってさ！　ねっ、類。私とリリィちゃんと類の三人で、恋バナ配信してみない？』

「恋バナ……？」

　そんな配信に俺を誘うなんて、どういう風の吹き回しだよ。生まれてこの方、まともな恋愛などしたことないというのに……そんな困惑している俺をよそに、彩花は元気な声のまま。

『うん！　実は私ね、定期的に恋愛相談をレイガール達から募集してるんだー。それで、今回ゲストとして新人の二人に来てもらえないかなーって思ってね。ほら、コラボがきっかけで、二人の面白さに気づく人もいるかもしれないじゃん？』

「ああ、なるほど」

　彩花が俺の恋バナに期待してるわけじゃないのは安心した。でも彩花の視聴者は、もう俺のこと知ってると思うんだけどなぁ……まぁリリィは別か。

「そういやリリィは何て言ってるんだ？　返事来たのか？」

『うん！「やるやるー！」って喜んで言ってくれたよ！　だから後は類だけー』

「そうか……」

リリィは乗り気みたいだし、どうしようか……場違い感は否めないんだけど……。

『やろうよー、類！　絶対楽しいよー？』

……まぁ。今のところ、彩花とリリィが一番緊張しないし。初コラボがこの二人なら、俺も安心して出れるからな。やってみるのも悪くないのかもしれない。

「……分かった。でもあんまり期待すんなよ？」

『ふふっ、類はいてくれるだけで面白いから大丈夫だよ！』

「どういうことだよ……？」

相変わらず彩花は、俺の評価が高いというか、期待し過ぎているというか……まぁ悪い気はしないから、別にいいんだけどさ。

『とにかく、了承してくれてありがと。じゃあ早速、つぶやいたーで予告のつぶやきしとくね！』

「待て待て、その配信はいつやるんだよ？」

『えっとねー、ちょうど一週間後！　時間は午後八時からを予定してるよ！』

来週か。バイトは………夕方までだし大丈夫か。スマホに登録してるシフトの確認を終えた俺は、彩花に返事をした。

「ああ、それなら大丈夫だ。ちなみにそれはオンライン上でやるのか？」

『えっ？　そのつもりだけど……あ、もしかしてオフコラボやりたい？　リリィちゃんがいいって言ったら、そうしてもいいけど？』

「いや、いいよ。炎上しそうだし」

初っ端から彩花の隣でゲーム配信してた俺が、炎上の心配するのは今更過ぎるかもしれないが。正式にＶＴｕｂｅｒになったからには、色々と気をつける必要があるのだ……でも、彩花はあっけらかんと。

『そんなの心配しなくて大丈夫だよ！　類の目標は「楽しむこと」でしょ？　いちいちそんなの気にしてたら、楽しめることも楽しめなくなっちゃうよ？』

「はは……そうかもな」

改めて目標を口に出されると、小っ恥ずかしいな……まぁ彩花の言うことも一理あるかもしれないけど。

「でも今回はオンラインで大丈夫だ。リリィにも手間掛けさせたくないしな」

『んー分かった！　じゃあ今回はそういうことにしとくね！』

「ああ。じゃあ当日はよろしくな」

『うん！　楽しみにしてるね！』

そんな嬉しそうな彩花の声を聞いた俺は、少し笑って。通話を切るのだった。

【三章】
神回しか起こせない男

……そんで二日後。今日は初配信の時に予告していた、個人配信を行う日である。彩花とリィのコラボ配信はもう少し先だから、気長に待っててくれ……ってなわけで、配信始めていくぞ。

俺は慣れない手付きで配信の準備をして……そしてマイクに向かって、喋りかけた。

「はい、どうもこんばんは。スカイサンライバー所属のルイ・アスティカだ」

そう言うと、相変わらずバラバラな挨拶が、コメント欄には飛び交ってきて。

【こんルイー】

【こんれいれい】

【こん麵】

【待ってたぜ】

【よぉ、ラーメン】

「イジっていいから、せめて名前で呼んでくれ……んで。今日が二回目の配信ということで。まだまだ緊張しているけれど……何とか頑張っていこうと思うよ」

【ん?】

【?】

【2回目?】

【謝罪配信を無かったことにするな】

【記憶が消去されてて草】

【謝罪配信の枠もバッチリ残ってるんだよなぁ……】

「そんで今日は、人気ＦＰＳゲームのアーペでもやっていこうかなって思っているよ。みんな知ってるし、ルールも分かりやすいもんね」

【おお】

【いいね】

【期待していいのか？】

【ルイのランクは？】

「俺のランクが知りたいのか？　聞いて驚け……ブロンズだ」

【草】

【溜めるな】

【何だその間】

【こんなに上手そうなのに……】

【今どきブロンズは、逆にレアかもしれない】

　一応解説しておくが、ブロンズランクは下から数えて二番目のランクである。まぁこれより下のルーキーランクはポイントも何も下がらないので、実質ブロンズが最下層みたいなところはあるが……。

「まぁまだ練習中だし、もう少し上手くなってから、ランクは回すつもりだけどね。それじゃあ起動しますかと……」

そして俺はデスクトップに配置してあるアーペをクリックした。だが、そこに表示されたのはタイトル画面ではなく、アップデートの確認画面で……。

「あ、やべ……アプデしてなかった」

【草】

【あら】

【あーやっちまったねぇ】

【確認しときなってｗｗｗ】

【2回目だから仕方ない】

「そ、そうそう。二回目だからまだ慣れてないんだ……許してくれ」

【許さない】

【許さない】

【俺は許すよ！】

【でもこいつが――】

「もういいよその流れは‼」

……しかし困ったな。このアプデはかなり時間が掛かりそうだし。別ゲーで時間を潰すのも違う気がするからなぁ。それなら……。

「んーじゃあ……アプデが終わるまで、雑談でもしようか？」

俺のその言葉に……コメント欄は狂喜乱舞するかのように、盛り上がるのだった。

【やったあああああああああ!!】

【きたあああああ】

【生きててよかった】

【ルイの雑談だぁ！】

【よっしゃ！　ラーメン用意してきます!!】

……そんな喜ぶことか？

「……といっても雑談のネタを用意してるわけじゃないし、慣れてるわけでもないからさ。何か話題ないかな、ルイ民のみんな？」

そう言って俺は、流れてくるコメントに目を通していった。どれどれ……。

【そう言われてもな】

【何でもいいぞ】

【好きに喋(しゃべ)ってくれ】

【ラーメントークは？】

【そういやルイが言ってたうまとん食ったけど美味かったぞ】

「おっ、うまとん食ったやつもいるのか。何だか嬉しいねー」

自分の好物を視聴者のみんなと共有して、しかもそれを食べてくれるのは素直に嬉しいことだよな……まぁ俺はただ、ラーメンを啜ってただけなんだけど。

【いいなー私も食べたい】

【俺も食ったぞ！　醤油派から豚骨派に寝返ったぞ！】

【注文したけど、まだ届いていないわ】

【九州のばあちゃん家から取り寄せたぜ】

「でも……みんな影響され過ぎじゃない？」

それにしては購入報告が多すぎる気がするんだけど。俺の視聴者は影響されやすい人が多いのか……？　まぁ俺も好きなアニメキャラの好物を真似て、毎食メロンパン食ったりしてた頃もあったけど……みんなそういう時期なのか？

【だってあんなにうまそうに食うもん】

【俺も食いたくなってきた】

【ルイにグルメリポートしてほしいなぁ】

【なあルイ！『#ルイ民ラーメン部』で検索してくれ！】

「確かにグルメリポートは面白そうだが……えっ、何？　ルイ民ラーメン部……？　そんなタグは作ってないんだが……？」

気になったコメントを拾った俺は、早速そのタグをつぶやいたーで検索してみた……そこに出てきたのは、たくさんの美味しそうなラーメンの写真だった。

「うおっ⁉　めっちゃうまそー！」

お店のラーメンや、カップラーメン。うまとんはもちろん、レイのキーホルダーを隣に置いて撮影された写真もあった。どうやら特にレギュレーションは決まってないようで、ただラーメンが写っていればいいらしい。

もちろんこうやってタグを作って、盛り上げてくれるのは凄く嬉しいことなんだが……気になることがひとつ。俺はマウスホイールを回しながら呟いた。

「にしても写真多くない……？　本当にこれ全員、ルイ民なの？」

まだデビューして数日しか経ってないというのに、そのタグには百件以上の投稿があったんだ。この異常な数字に俺は困惑していたのだが、コメントは同意のするものばかりで……。

【ああ】

【せやで】

【そうだぞ】

【俺の垢映ってたぞ！】

【ちゃんと名前見て】

「名前見てって、みんな普通の名前だけど……」

【その隣】

【一番右な】

【ラーメンのやつ】

【ファンマーク付いてるじゃん？】

「ファンマーク……？」

　よくよく見ると、そのタグを付けている人の名前の最後には『🍜』のマークが付けられていた……俺はその絵文字をマウスカーソルで囲むような動きをして、みんなに尋ねる。

「……これ？」

【それ】

【それ】

【これ】

【🍜】

「うそだろ」

　確かにファンマークという文化については勉強していたが……まさかこんなことになるとは……。一応知らない人のために解説しておくけど、ファンマークってのは、その配信者のファンであることを示すために付けるマークや絵文字のことである。

その種類や組み合わせは豊富であり、流石に俺はスカサンに所属している人みんなのマークは把握しきれてなかったから、初回放送では決めることはしなかったんだ。いずれ決めるか、別に無いままでもよかったんだけど……。

「本当にこれでいいのか？　ラーメンだぞ⁉」

【うん】

【うん】

【🍜🍜🍜🍜】

【ぴったりじゃん】

【俺も今から付けてくるわ】

「いや、いやいや！　自分で言うのもアレだけど、俺って結構凄い魔道士なんだぞ⁉　知ってるか⁉」

【あ、そうなんだ】

【初めて知った】

【そういえば変な服着てるね】

【コック帽にしてはずいぶん尖った帽子ですね】

「お前ら……他の案は考えるつもりはないのか？」

【ラーメン以外考えられない】

【もうファンマークも飽和状態だからねーｗ】

【かっこいい帽子とか杖とかはもう取られてるし】

【じゃあレイちゃんと同じマークも付けよう】

「じゃあレイと同じマークって、じゃあの意味が分かんねぇよ……」

……どうしてもみんなはラーメンにしたいらしい。あまり納得できないんだけど……もう既に付けてる人もいるみたいだし。これもひとつの愛だと言うのなら、俺もそれに応えてやるしかないみたいだ……。

「……ああ、分かったよ。お前らがそんなにラーメンにしたいならいいよ、俺は受け入れてやる……でも決めたからには、お前らも付けるんだぞ？」

【いやぁ……】

【うーん】

【それはちょっと】

「なんで否定的な意見が多くなるんだよ……でももう俺は止まらねぇからな……!!」

【あーあ】

【いっけええええええええ】

【ルイ君壊れちゃった】

【ルイ……やるんだな!?】

「やるんだよ、今ここで……！」

そして俺はそのまま、つぶやいたーのプロフィール編集画面に遷移して。『ルイ・アスティカ』の隣に🍜の絵文字を配置した。

「ははっ……やったぞ、お前ら！　次は誰の番か分かるよな？」

【？】

【わかんにゃい】

【さぁ？】

【一体誰のことなんやろなぁ……？】

【多分俺らには言ってないから、みんな安心していいよ】

「……きっ、貴様ぁあああ！　逃げるなぁ！　ラーメンから逃げるなぁぁあ!!」

……そんなこんなで雑談も盛り上がり、二時間ほど時間は経過した。

「ふー。結構喋（しゃべ）ったね。ちょっと疲れてきたよ」

【おつかれ】

【終わる流れかな？】

【もっと喋（しゃべ）ってくれ】

【ルイの雑談面白かった】

【そういや、ルイもレイちゃんの恋バナ配信出るんだね。意外だわ】

「ルイも配信出るんだね……あ、そうそう。来週のレイの恋バナ配信、俺も出ます。多分レイのチャンネルでやるのかな？　だから暇な人は見に来てくれると助かるよ」

丁度いいコメントを拾った俺は、コラボの宣伝をしておいた。そしたらみんなは、結構喜んだ反応をしてくれたみたいで……。

【おっ】

【コラボやったー！】

【ルイが恋バナすんの？】

【ルイは俺らの仲間じゃなかったのかよ】

【ルイってモテそうだもんなぁ……】

ちょっと勘違いしてる人もいるみたいなので、俺は訂正を加えておく。

「ああいや、俺の恋バナはしないぞ？　視聴者から恋愛相談を募集して、それに対して俺らがヤイヤイ言うだけって、レイからは聞いてるからな」

【草】

【ヤイヤイってなんだよ】

【解決はしないのか……】

【ルイの恋バナも聞かせてくれよー】

【マジで悩んでる人は、レイちゃんに送らないだろうからな……】

それは言えてる。あいつが恋愛相談を受けてるどころか、彼氏がいたという情報すら耳にしたことが無いからな。単に俺が、アイツの情報を知らないだけかもしれないが……。

「まぁ……レイやリリィはともかく、俺は本当に恋愛したことないからさ。まともなアドバイスとかは期待しないでくれよ？」

【ほんとにぃ？】

【嘘だぞ。絶対ルイはモテてるぞ】

【イケメンなのに？】

【もしや鈍感系か？】

【今ならまだ間に合うから、白状するんだ！】

「白状するも何も、本当なんだから仕方ないだろ……まぁラブコメ漫画やラノベは、結構読んできた方だとは思うけどな」

【本当にこっち側なのか……？】

【仲間なのか？】

【信じていいんだな⁉】

「信じるも何も、俺はお前らとそんなに変わらないと思ってるぞ……みんなご存知の通り、俺はゲームが好きな、ただの高校生だからな」

【ただの高校生（魔法学校首席）】

【俺らに魔法は使えないんだよなぁ】

【俺にも魔眼は宿っていた……？】

「まぁその辺は深く考えないでくれ……」

そう口にしている最中……俺はひとつのコメントに目が止まった。

【なぁルイ、そろそろアプデ終わったんじゃないか？】

「………あっ。マジで忘れてた……そうだよ！　俺はアプデのために雑談してたんだ！　ホントは雑談配信の予定じゃなかったんだよ！」

【草】

【やっと思い出してて草】

【俺も完全に忘れてた】

【終わったか確認してくれ】

「ああ、すぐに確認するよ……」

俺はまたアーペを開く……どうやらアプデは終わっていたらしく、いつものタイトル画面が表示された。

「うん、ちゃんとアプデ完了してるみたい。えっとそれで……どうする？」

【やろう】

【やってよ】

【やらないの？】

【腕前見せてくれ】

どうやらみんな期待してくれてるらしい。そろそろ配信を終えるつもりでいたのだが、これに応えないわけにはいかないだろう。でもまぁ普通に明日も早いので……。

「じゃあ……一回だけな？　一回だけやって、今日は終わりにしよう」

【いいね】

【やったあああああ！】

【おけおけ】

【きたああああああああああ】

そして俺はアーペのロビー画面で、マッチの設定をしていった。

「流石にランクマッチは怖いから……カジュアル（ポイント変動のないモード）に行こうか。人数はデュオ（二人チーム）でいいか……」

【ほう？】

【なんでデュオ？】

「だって俺下手だからさ。被害に遭う仲間は少ない方がいいかなって思って……」

【草】

【ネガティブ過ぎないか？】

【らしくないぞ、ルイ】

【レイちゃんをボコった時を思い出せ】

「いやぁ……どうもFPSゲームだけは苦手なんだよね、俺は……」

言いつつ準備完了のボタンをクリックして、マッチを探す……まぁ多分すぐにやられて終わるだろうが、呆気なく終わるのも面白いかもな……なーんて考えていたのだが。そんな考えは、数十秒後にぶっ壊されるのだった。

「よし、マッチしたぞ。さて味方は何のキャラを使うのか……ん？」

俺が言い終わる前にコメント欄がザワつく。間違いない、これは有名人とマッチした時に起こる流れだッ……！　そう直感した俺は鼓動が速くなる……やべぇ、誰が来たんだ……!?　俺は下に表示されているプレイヤーネームを確認した――

【あ】

【お】

【ええ!?】

【マジ!?】

【マジかよ!?】

【本物!?】

【きたあああああｗｗｗｗｗｗ】

【来夢ちゃん!?】

「『蓮見来夢―Ｒａｉｍｕ―スカサン』…………って。う、うそぉぉ……!?」

……忘れた人のために解説しておくが。蓮見来夢さんは、我らがスカイサンライバーに所属している、凄腕ＦＰＳゲーマーのことである。特にスナイパー武器の扱いに優れており、実力はプロ同然とも言われているとか。俺が切り抜きで勉強していた、ＶＴｕｂｅｒの一人でもあるね。

そーんな凄いプレイヤーがなんで……。

「なんで……初心者の俺とマッチしてんだよぉ!?」

【草】

【それはそう】

【そもそも本物なのか?】

【まぁアーペのマッチって結構適当だし】

【カジュアルだし、デュオだもんな】

いや知らないよ！　そんなアーペのマッチが適当だったなんて……じゃあ俺は高レート帯のマッチに参加させられたってこと!?　そんなのヒドイよ！

《システム起動、準備完了》

　画面では、アーペのキャラクターがボイスを発した。どうやら来夢さんは機動力が売りのロボットキャラ『バズ』を選択したようだ。ああ、次は俺の番……。

「えっ、やべ、どうしよどうしよ、じゃあ……こいつで！」

　パニクった俺は攻撃特化の軍人キャラ『ハンカ』を選択した。もっと初心者向けのキャラもいたはずだろうが、今の俺は冷静ではなかったのだ。

《素人は出ていって。ここからは本物の戦いよ》

「お前が言うなぁ……！　どう見ても素人はこっち側なんだよぉ……！」

【草】

【草】

【草】

【草】

　……そして試合開始前には、部隊紹介のバナーが表示されるのだが。来夢さんのバナーには、めちゃくちゃ光っているレアなバッジが三つ付けられていたのだった。つまりこれは『マジ』だということで……。

「あっ」

【草】

【えー本物確定です】

【本物だああああああ!!】

【面白すぎる】

【まーたルイが神回起こしたのか】

【神回しか起こせない男】

いやいや、神回とか言ってる場合かよぉ……!? 本物だということは、恐らく来夢(らいむ)さんも配信か動画撮影をしているのだろう……つまり来夢(らいむ)さん側の視聴者も、俺の行動を見るわけであって……いくらカジュアルだといっても、下手な行動出来ねぇよぉ……!

【おい、画面見るんだ】

【ルイ、ジャンマスだ】

【飛べ、ルイ】

【渡米!!】

どうやら俺が降下場所を決める、ジャンプマスターになってるらしい。ここは上手(うま)い来夢(らいむ)さんに変わるべきだろう……いやっ、駄目だ! 変わったら絶対、敵のいる方向に突っ込んでいくよ! 即ダウンは流石(さすが)に避けたいから……!

「ちょ、ごめんみんな! チキらせてくれ!!」

【いいよ】

【勝ちに行くなら正しい判断】

【まぁ初動落ちは面白くないからな】

【こっからはチキンプレイだ!!】

そう思った俺は時間を掛けて、中心部から離れた場所へ降下した。近くに敵部隊はいないみたいだ……ふぅ。とりあえずは一安心か。少し落ち着きを取り戻した俺は、みんなにこう尋ねてみた。

「なんとか着地したね……ねぇみんな。来夢さんに挨拶してみてもいいかな？」

【え？】

【うん】

【唐突だな】

【先に物資漁れ】

【好きにしたらいいんじゃない？】

正論も混じっていたが、彼女はＶＴｕｂｅｒの先輩だし。こんな機会も滅多にないからと思った俺は、ゲーム内チャットで『こんにちは』と送信してみた。そしたらすぐに『yoooooo!』と返事が返ってきて。

「……陽気なラッパー？」

【草】

【ライムがチャット返すの珍しいな】

【向こうも気づいてくれたんじゃない？】
【流石にルイのことは知ってるでしょ】
【ルイの名前も分かりやすいしな】

ちなみに俺のゲームネームは『ルイ・アスティカ―ＶＴｕｂｅｒ』である。そのまんまだな。

「よし。とりあえず挨拶できたし、武器を探そう……あ。このスナイパーライフル、来夢さん使うんじゃないかな？」

俺は建物の中にスナイパー武器が落ちていたことを知らせるピンを刺す。そしたら来夢さんの扱うバズはそれに反応して、ワイヤーを使ってこっちまで飛んできた。

「うえっ⁉　そんな飛ぶのそれ⁉」

そしてスナイパーを拾ったバズは、アルティメットであるジップラインを設置して次の安置エリアへと高速で進んでいくのだった……。

「ちょ、早い早い早い、ついてけないって……」

《敵を発見》

「いや、どこぉ⁉」

来夢さんは敵を知らせる赤ピンを刺すが、俺には全然見えない。もう少し近づかなければ、見えないだろう……と、思ったのも束の間。遠くからスナイパーライフルの銃声が聞こえてきて、バズは敵がダウンしたことを知らせるボイスを発した。

《敵がダウン》

「うぇぇっ⁉　つよぉ！」

一人ダウンしたのなら、ここは詰めて倒すべきだろう……俺は急いでピンの方向へと駆け出した……が。またスナイパーの銃声が何発か聞こえてきて。そしてバズの嬉しそうな声が。

《部隊を壊滅させたよ、やったね！》

「…………俺って必要か？」

【草】

【自信持って】

【しっかりしろ、ルイ！】

【大丈夫大丈夫！】

【生きてるだけで凄いってば！　ねっ!!】

【もう全部あいつ一人でいいんじゃないかな】

——そんなこんなで試合は進み、現在第3ラウンド。俺らは民家を占拠し、次の安置が発表されるまでこの場で待機をしていた。

……うーん。このまま待つだけってのも暇だし、もう少し話してみようかな……？　そう思った俺はまたチャットを使って、来夢さんに話しかけてみた。

『どうして来夢さんは、スナイパー武器しか使わないんですか？』

そしたらすぐに返事が返ってきて。

『roman!』

「ロマンかぁ……」

相手が弱い防具だったら、頭に一発当てるだけでダウン取れるので、確かにスナイパーライフルはロマン武器とは言えるが……。

『でも流石に近距離はキツイんじゃないんですか？』

『gurededounikanaru』

「グレでどうにかなる……いや普通はならないんだって！」

【来夢は普通じゃない定期】

【でもマジでどうにかするんだよなぁ……】

【ヒント：ライムはグレネードもめちゃくちゃ上手い】

【大会の時はアサルトライフル持たされてたけど、凄い不服そうだったもんなｗ】

コメントで来夢さんの情報がたくさん入ってくる。この人って本当に凄い人なんだなぁ……。

「そうなんだ……やっぱり来夢さんって、筋金入りの変態なんだなぁ……！」

【草】

【なんで嬉しそうなんだよｗｗｗ】

【先輩を変態呼びするな】

【これは切り抜かれる】

【実際変態ではあるが……】

言葉のチョイスを間違えてしまった気はするが、あまり気にしないでいこう……。

『**ikuyo!**』

「えっ、行くよって……ちょっと待ってください！」

そして次のエリアが発表されるや否(いな)や、来夢(らいむ)さんの扱うバズは民家を出て、ジップラインを射出する。バズが見えなくなる前に、急いで俺もそれに乗って、来夢(らいむ)さんの後を追おうとしたのだが……。

「だから行動が早すぎるんだってば……！」

《敵を発見》

「どこぉ!?」

《敵がダウン》

「だからぁ!!」

【さっき見た】

【再放送？】

【流れが同じで草】

【テンポが良すぎる】

【ライムのSR気持ち良すぎだろ！】

　そして来夢さんはそのままエリアを駆け回り、ひとつの大きな家にピンを刺した。

《**こっちに行こう**》

「えっ、そこに行くの？　でも中に敵いない……？」

『**ubau**』

「**奪う**⁉」

【草】

【うばう⁉】

【うっさいｗｗｗ】

【復唱すなｗ】

【反応が面白すぎる】

　そして俺の返事も聞かず、ワイヤーを使って来夢さんは民家に突っ込んでいった。

「いやなんで、スナイパーライフル二丁で突っ込めるんだよ……⁉」

　家の中からは銃声が聞こえてくる。マシンガンの銃声に混じって、スナイパーのクソデカ銃声音が鳴り響いてくるのが面白かった……いや、面白がってる場合かぁ！　俺は急いで家の中へと合流した……そこには。

「…………」

　大量の敵のデスボックスが積まれてあったんだ。

「……ああー。しゅんごーい。つんよーい」

【(^q^)】

【魂抜けてるぞ、ルイ】

【語彙力低下してんぞ】

【おい!!　しっかりしろ!!】

　そして俺はそのデスボックスの山から、高レベルのアーマーや拡張マガジンを奪い取っていった。装備が強くなるのは当然、嬉しいことなのだが……。

「何もしてないから、凄い申し訳なくなってくるなぁ……」

【ryohukurukamo】

「呂布来るかも!?」

【草】

【草】

【なんでだよ】

【んなわけあるかｗｗｗｗｗｗ】

【誤字だろｗｗｗ】

【漁夫だろうなぁ……】

多分コメントの言う通り誤字だろうけど、ついそのまま読んでしまった。ちなみに漁夫とは、漁夫の利のことで……つまり戦闘で体力が減ったままの俺らを狙って、漁夫の利を得ようとする部隊が来るんじゃないか、ということである。

「どっ、どうしよう……⁉　って、うわわっ⁉」

そして俺らの家に大量のグレネードが投げ込まれてきた。やべぇ……こいつら当たるまでグレ投げてくるつもりだ！　回復中の来夢さんに当たったら大変なことになる……！　来夢さんに当たるくらいならばッ……‼

「俺がッ……俺が盾になろう‼」

そう言って俺は壁になって、わざと相手の投げたグレネードのぶち当たった……そして俺のハンカは大ダメージを受けて、びよーんと宙に飛ばされるのだった。

【草】

【草】

【草】

【草】

【何してんだお前ｗｗｗ】

【避けろやｗｗｗｗ】

「だっ、大丈夫、体力はミリで残ってるから……んなッ⁉」

だが、いつの間にか敵は家の中まで詰めていたようで、無慈悲にも俺に発砲してきたんだ。

当然、体力ミリの俺はダウンする。

「うあああぁぁぁぁあッ‼」

【迫真過ぎる】

【草】

【ダメージ共有してる？】

【電流でも流れてんのかｗｗｗ】

ダウンしてしまった俺は、這いつくばったままシールドを貼って、少しでも敵の射線を塞ごうと努力する……が。

「ごめんなさい来夢さん！　俺の後ろに隠れて……ってえぇっ⁉」

来夢さんは俺を飛び越えて、相手に向かって一発二発と発砲した。それは全て敵に命中したようで、相手キャラはダウンしたんだ……。

「すげぇ……！　いや、あと一人も来るんじゃ⁉」

俺の予想通り、もう一人の敵が扉から入ってきた……が。来夢さんも予測していたようで、その瞬間に扉に向かって手裏剣型のグレネードをぶん投げた。どうやらそのグレネードは敵に命中したらしく……パリンとアーマーの割れる音が。

【刺さった!?】

【直撃だ！】

【上手すぎでしょｗｗｗｗ】

そしてそのままグレネードは爆発した。その爆発に当たると、相手にスロー効果が付与されるのだが……来夢(らいむ)さんがそれを逃す訳もなく。落ち着いてスナイパーライフルを構え……バァンと敵の頭を貫くのだった。

【かっけえええええええええ!!】

【ウンマすぎ！】

【こーれはクリップです】

【PVか？】

【バケモノ過ぎるｗｗｗ】

「…………俺は…………夢でも見てるのか？」

【草】

【草】

【草】

【ルイ起きてー!!】

――そんなこんなで最終ラウンド。ここまで生き残るのは久々で緊張するけど……いや。この緊張はチャンピオンを取れるかどうかじゃなくて、来夢さんの足を引っ張らないで済むかどうかの緊張だよなぁ……。

えっ？　既に足引っ張ってるだろって？　そんなの俺が一番分かってるよ……お黙り‼

「さて……残りは何部隊だ？」

【3】

【3】

【3やね】

【右上に表示されてるよ】

コメントの言う通り、右上には残り部隊数が表示されていた。数字は3……要するに……。

「3部隊ってことは……俺らを除いてあと2部隊ってことだな！」

【天才】

【よく分かったね！】

【さすが首席】

【よっ、日本一】

「なーんか褒められてる気がしないなぁ……」

不服そうに俺は呟く……そして左下のチャットには、来夢さんからの新しいメッセージが。

『gyohurou』

「漁夫ろう……うん、今度はこっちが漁夫る番だね、了解！」

【呂布だぞ】

【呂布ですよ】

【劉備ね】

【曹操な？】

「変なテンプレを増やすんじゃない、お前ら……！」

そして来夢さんの予想通り、残りの2部隊が衝突したらしく、撃ち合いを始めた。こいつらが戦い終わった瞬間に、俺らは詰めて漁夫ればいい……落ち着け……まだ……まだ待機だッ……！

《残りはあと1部隊だね》

ここでバズが、残りの部隊数がひとつであることを知らせるボイスを発した。よし、今だ！俺は敵へと詰め寄ろうとした……が、来夢さんはそのまま遮蔽物に隠れたままでいたんだ。えっ？　まだ攻め時ではないのか……？

……いや、違う！　来夢さんは俺に見せ場を与えようとしてくれてるんだ！　相手は体力が削られてるし、こちらには気づいていない……つまり、俺でもキルが取れる可能性がある！俺のキルでチャンピオンになって終わるよう、美味しいところを譲ってくれてるんだ!!

即座にそれを理解した俺は、一人で敵に向かって突っ込んで行った。

「うおおおおおおおおお!!」

そして俺は敵の背後から、サブマシンガンをぶっ放した。相変わらずエイムはブレブレで見れた物じゃなかったが、予想通り敵の体力は削られていたみたいで……俺が撃ち勝った。

「……しゃあっ！　勝った!!」

【まだ】

【あと一人残ってる】

【終わってない】

【まだ笑うな！】

【歯茎を見せるな!!】

「……って、うわぁあああッ!!　もう一人いた!?」

……だが、俺が討ち取った敵の仲間はまだ生きていたようで、ホッとしていた俺に容赦なく発砲してきた。クソ、ここで負けるかよ……！

「グッ……負けてたまるかぁぁッ！　引くな、退くな、ルイッ!!」

ダダダダッ、バアン。

《ダウンした。救助をお願い》

「どうぁあああぁぁぁあああん!!」

【草】

【おしい】

【うっさいwww】

【頑張った方だよ】

惜しくも打ち負けてしまった俺は、来夢さんに後を託した……が。来夢さんの行動は、全く予想外のもので。

「ごめんなさい、来夢さん！　後は頼みました……って、なんで俺を蘇生してるんですか⁉」

【草】

【草】

【きっと二人で勝ちたいんだよ】

【まだ戦える！　立て、ルイ‼】

「いや、敵来てるんじゃ……！　って、やっぱ撃たれてない⁉」

来夢さんは敵から撃たれてるが……途中で止めることなく、俺の蘇生を続けていた。

「どっ、どうしてそこまでして俺を……⁉」

そして何とか俺は復活した……だが依然として俺の体力はミリ。撃たれて来夢さんの体力も減っているから、どうにかしないと……あっ、そうだ！　アビリティを使えばいいんだ‼

「す、スモ――ク‼」

ここでハンカのアビリティを思い出した俺は、スモーククランチャーを発射し、敵の射線を遮った。よし、これで多少は時間を稼げる……！

「一旦引いて回復するか……？　いや、ここでチキるわけには……！」

せっかく蘇生してもらったんだ。これ以上ダサい真似は出来ない。それに相手は俺と来夢さんに連射して、弾が残っていないはず……残っていたとしても、確実にリロードが必要だ……だから、ここは詰めるのが正解なんだ!!

「……攻めるぞ！　プッシュだ!!」

【え】

【うそ】

【マジで？】

【いっけえええええええ!!】

覚悟を決めた俺は、スモークの中を駆けていった。そしてスモークを抜けた先には、回復中の敵が。俺に気づいた敵は回復を中断し、虚空に入るアビリティを使用し、逃げようとするが……。

「逃すかぁ！」

俺は執拗に相手を追いかけ、そのアビリティが切れたその瞬間に……。

「喰らえッ……ショットガーーン!!」

魂のショットガンを放った。その弾は敵に命中したようで…………画面からは壮大な音楽と、チャンピオンの文字が。ああ……勝った。勝ったんだ、俺!!

「やった……俺らがチャンピオンだぁ!!」

【うおおおおおおおおお!!】

【ナイス!】

【おめでとう!!】

【きたああああああああああああ!】

【GG】

【すげえええええ!!】

【やりやがった!】

【優勝だ! 優勝だ! 優勝優勝優勝だ!】

まるで大きな大会で勝った時のように、コメントは爆速で流れ続ける……そしてゲームチャットの方でも、来夢(らいむ)さんから『グッドゲーム』を意味する『gg』というメッセージが送られてきたんだ。俺もチャットでお礼を言う。

『ありがとうございます、来夢(らいむ)さん!』

そして俺はコメント欄に向き直り、締めの流れに入ろうとした。

「えー……来夢(らいむ)さんに凄(すご)いキャリーされましたが。何とかチャンピオン取れました! 本当にありがとうございます！」

【おめでとう！】

【ルイも頑張ってたよ】

【面白かった！】

【やっぱ持ってるよお前】

「じゃあ気分も良いし……今日はこの辺で終わるよ！　またな、みんな！」

【おつー】

【おつルイー】

【おつレイ】

【今日も神回だったな】

【楽しかった！】

【次の配信が待ちきれないよ!!　ルイ!!】

そして一通りコメントを眺めた後……俺はにやけ顔のまま、配信終了のボタンをクリックしたのだった。

「…………えへへっ」

それから配信を切った俺は、つぶやいたーでチャンピオンを取った場面のスクショと、来夢(らいむ)

さんへのお礼メッセージを呟いた。内容は『来夢さんのお陰で勝てました！　ナイスゲーム！』である。

……で、どうやらその呟きは来夢さん本人にも届いたみたいで『ルイ君も上手だったよー』とリプが返ってきた。それに対して俺は感謝の絵文字を返信すると、グッジョブのポーズをする来夢さんのGIF画像が送られてきたんだ……あ、来夢さんって3D化してたんすね。

まぁ来夢さんは人気VTuberだし、そうなるのも必然か……ちなみにこのつぶやいたーのやり取りは、ちょっとだけバズったらしい。

更に後日、来夢さんは俺とマッチした試合の動画を上げてくれた。続けて、それと俺の配信を同時再生した切り抜き動画まで上がったようで、またちょっとだけ俺が話題になったんだ。そのお陰で、俺のチャンネル登録者も一気に五千人近く増加したらしい。本当に来夢さんには頭が上がらないぜ……！

〔四章〕陰キャに恋バナは難しい

そんな感じで、数日後。今日が彩花と約束していたコラボ配信の日である。バイトから帰って来た俺は休む間もなく、そのまま彩花が用意していた通話部屋に参加した……そこには既に二人とも揃っていたみたいで。

『おっ、類も来たねー。バイトお疲れさまだよー』

俺が入って来たのに気づいた彩花は、いつもの緩い挨拶を交わしてきた。

「あんがと。ちょっと遅れてごめんな」

『いいよいいよ！　私が三十分前に来てって、無茶なお願いしたからさー？』

そう。彩花は配信の三十分前に、この通話部屋に参加しておいてとメッセージを送ってきていた。多分リリィの方にも送っていたのだろう……詳しい理由は聞いていないが、多分打ち合わせみたいなことをするつもりなんだろうな。

俺は別にぶっつけ本番でも構わないのだが、人にはそれぞれ配信のやり方ってものがあるからな。彩花が必要だと言うなら、俺はそれに従おう……。

『おはよー！　ルイー!!　久しぶりだなー!!』

突如、俺のイヤホンからはびっくりするくらい元気な声が聞こえてきた。彩花も比較的明るい方なのだが、リリィはそれを遥かに超える性格してるよな……もちろんこれは褒め言葉だぞ。

「おお、リリィ。元気にしてたか？」

『ああ！　あたしは元気だぞ！　最近のルイの配信が楽しみだからだな！』

「えっ、どういうことだ？」

『ルイの配信は毎回面白いからな！　見たら元気になるんだ！　だから存分に誇ってくれ！』

「えっ、ああ、うん……ありがとな」

　こうやって直接言葉で褒められるのは久々のことで、小っ恥ずかしくなってしまう……今更だけど配信って、他のライバーも見てたりする可能性があるもんな。それを意識すると緊張して、何も喋れなくなりそうだ……。

『ふふっ！　でも面白さなら、リリィちゃんも負けてないいんじゃない？』

『そうか？　あたしの配信なんか、ただずーっと喋ってるだけだぞ？』

『その話の中身が面白いんだよ！　昨日は何だっけ……公園で野球してた小学生の中に入れてもらったんだっけ？』

『そうそう！　あたし、ピッチャーやらせてもらったんだ！　あー、あと二点入れたぞ！　負けたけど！』

「面白すぎんだろ」

　一気にリリィの配信見たくなってしまった……やっぱり行動力はリリィには敵わないな。でもリリィは俺の配信を面白いって言ってくれるし……まぁ、各々得意なことを伸ばすべきなんだろうか。

『あははっ！　それじゃあ二人とも、打ち合わせに入ってもいいかな？』

『はーい！』

「ああ、いいぞ」

……そして俺らは彩花(あやか)から配信の流れや、視聴者から届いた質問の内容を教えてもらった。

彩花(あやか)曰(いわ)く、回答を考える時間を事前に与えてくれるらしい。確かに本番でずっと考えて黙ってたら、配信が成り立たなくなっちゃうもんな。

まぁ、時間掛ければ良い答えが浮かぶとは限らないんだけど……恋の相談なんか、俺にされても困るんだよなぁ……。

『あっ、もちろん時間の都合で質問を変えたり、減らしたりすることもあるかもしれないから、その辺りは臨機応変にお願いね！』

「りょーかい」

『ああ！』

……でもまぁ、きっとこの二人なら何とかしてくれるだろう。とりあえず今の俺が出来ることを精一杯やっていこうかな。

『へへっ、楽しみだな！　ルイ！』

「え？　ああ、そうだな」

そういやリリィってコラボ配信は初か。一回しかしてないから、俺も似たようなもんだけど……そもそも幼馴染と一緒にゲームやっただけの放送を、コラボ配信と呼んでいいものなのか……？

『じゃあそんな感じで！　あとは配信時間まで待機かな！』

「了解。じゃあちょっと部屋着に着替えてくる」

『あたしも飲み物取ってこようかなー！』

そこまで聞いた俺は立ち上がろうとした……が、直前に彩花に呼び止められて。

『あ、ちょっと待って！　言い忘れてたことがあった！』

『なあに？』「何だ？」

『配信楽しもうね！　二人とも！』

……あまりにも唐突な彩花の言葉に、俺は一瞬だけ言葉を失った。

「ははっ……何だそれ、わざわざ呼び止めてまで言うことか？」

『いいや、ルイ！　これは一番大切なことだぞ！　つまんない顔してたら、すぐ視聴者に見抜かれちゃうからなっ！』

「ＶＴｕｂｅｒなのに？」

『ＶＴｕｂｅｒなのにだ！』

まぁ……確かに最近のアイトラッキングの精度は向上してるし、ＶＴｕｂｅｒの表情も読み取りやすくなっているから……って、いや。彩花はそういった考えで、さっきの言葉を口にしたわけじゃないだろう。ただ単純に、俺らの雰囲気を良くするために。そして本当に楽しんでもらいたいから、そうやって言ったんだろうな。

そう思った俺は、これ以上余計なことは考えず「そうだな、楽しもう」と口にした。そしたら二人も続けて『うん！』『いぇーい！』と続けてくれたんだ。

――そんな良い雰囲気で打ち合わせは終わり、俺は着替えやら飲み物やらを準備をしていった。配信はもうすぐだ。

――配信開始の時間が近づいてきた。俺はレイの配信ページを開いて、モニターにコメント欄を表示した。コラボ配信だからか分からないが、その勢いは凄まじくて……俺の初配信を思い出すくらい、待機のコメントは大量に流れていた。

「ひょぇーっ……もう一万人も集まってるのか……」

『普段はこんなに集まらないから、きっと二人のお陰だね！』

『いいや、レイがこんな面白い企画を用意したからだぞ！』

多分、両方の力が働いてこうなったんだろう……いわゆる相乗効果ってヤツだ。

『ふふっ！　ありがと、リリィちゃん！　じゃあもう時間になったし、始めよっか！』

『ああ！』

「分かった」

そして彩花は配信待機画面から遷移し、画面共有を行って俺ら三人のアバターを画面に表示させたのだった。

「やぁやぁ、みんなこんにちはー！　闇属性魔術師のレイ・アズリルだよっ！」

放送が始まるなり、先陣を切って彩花は挨拶をする。レイのホームだからか、レイガール＆ボーイの挨拶コメントはよく目立っていた。

【こんレイ！】
【こんばんはー！】
【こんれいー】
【こんれい！】
【待ってたー！】

「今回は恋バナ配信ってことで、特別ゲストを呼んだんだー！　まずはリリィちゃんから自己紹介お願い！」

「はーい！　スカイサンライバー所属、夕凪リリィ参上！　ということでリリィだ！　今日が楽しみで全然寝れなかったから……楽しみだぞ！」

リリィの挨拶でまたコメントは勢いを増す……リスナーって忙しいね。

【参上！】

【さんじょー!!】

【楽しみ過ぎだよリリィちゃんｗ】

【ちゃんと寝てね～】

「そして最後は！」

「……あい、どうもルイ・アスティカです。よろしく」

【草】

【草】

【よぉ】

【出たな】

【あ、ラーメンの人だ】

【喋る（しゃべ）るだけで面白い男】

【こんレイリリィ！】

……何か俺だけコメントの反応おかしくない？　確かにここに俺がいるのは、場違いだけども……もう少し優しくしてくれてもいいんじゃないか？　なぁ！

「今日はこの三人でやっていくよ！　複数人で恋バナ配信するのは初めてだけど……多分何とかなるから安心しててね！」

「正直、俺は不安なんだけどな……」

「えへへっ！　それは大丈夫だぞ、ルイ！　三人寄れば何とやらって言うだろ？」

「まぁな……ちなみにリリィ、恋愛相談の経験は？」

「全くないぞ！」

……うん。予想通り過ぎて驚かないや。だってリリィに好きな人とか教えたら、次の日にはクラス中に知れ渡ってそうだもんね……凄い偏見だけど。

「まぁーまぁー、それはやってみたら分かるってばー！　とりあえず、一通目のお便り読んでみてもいい？」

「ああ、いいぞ！」

そしてオープニングトークを終えた彩花は、自然に進行していって……早速、恋バナ相談コーナーへと入っていった。

「えーっと。レイガールのモンブランちゃんからのお便りだね！　じゃあ読むよ！　……レイちゃん、リリィちゃん、ルイちゃん、こんにちは！」

「俺、女の子だと思われてる？」

【草】

【草】

【ルイちゃん⁉】

【お前、いつの間に……】

危ない危ない、あんまり自然に読み上げるもんだから、思わずスルーしてしまうところだったよ……そんで彩花(あやか)は俺のツッコミも気にせず、お便りを読んでいく。

「私は高校生で、同じクラスに好きな人がいるのですが、どうやって想(おも)いを伝えたらいいか悩んでいます。成功する確率の高い告白の方法を教えていただけると幸いです！　……だって！」

「なるほど。シンプルだけど一番難しい質問だよなぁ……」

事前に聞いてはいたが、最初にこの質問を持ってくるのは予想外だった。成功確率の高い告白方法なんて、こっちが知りたいくらいなんだよなぁ……。

「告白の方法は永遠のテーマだな！」

「そうだねー。とりあえず告白の方法を挙げていってみない？」

「いいね」

彩花(あやか)の提案に乗った俺は思いつく限り、告白の方法を挙げていった。

「んーと……直接会って言う、電話で伝える、メッセージで伝える……」

「ラブレターって手もあるぞ！」

「友達に伝えてもらうってのもあるね！　後は……場所やシチュエーションも結構大事じゃないかな？」

「ほーん」

【デート中に言うのは？】

【観覧車は逃げ場ないからオススメ】

【そりゃもう屋上に呼び出すのよ】

【机にラブレターでイチコロよ】

コメントも様々な案を出してくれるが……何かセンスが古くない？　……って言ったら怒られるかなぁ。ここは素直に黙っとこう……。

「じゃあ、どの案が良いと思うか一人ずつ挙げていこうよ！　類(るい)はどの方法が良いと思う？」

ここで彩花(あやか)が俺に振ってきた。うーん……難しいが、ひとつ挙げろと言うのなら。

「そうだなぁ……消去法にはなるけど。やっぱり直接会って言うのが一番いいんじゃないかなって、俺は思うよ」

「へぇー意外だね！　理由は？」

「だって……他は危険じゃないか。ラブレターなんか出したら、見せびらかされる可能性があるし、メッセージはスクショされて拡散される可能性がある。電話は通話履歴が残るし……友達に頼むなんか、もってのほかだ」

【ん？】

【あっ】

【流れ変わったな】

【内なる陰キャのルイが出てきたな】

【陰ルイ】

「類……考え過ぎじゃない？」

「いいや、学生の告白って命懸けなんだよ！　だからいかに他の人にバレないように告白するかが大事なんだ！　『アイツ誰々に告ったけどフラれたらしいぞ』なーんて噂された日にはもう！　もうッ！」

【気持ち入りすぎてて草】

【実体験か？】

【でも気持ちはスゲー分かるよ】

【成功することを全く考えてないのが、ルイらしいというか……】

「んー。じゃあレイはどの方法が良いと思うんだ？」

これ以上俺を喋らせないようにしたのか分からないが、リリィは彩花に話を振った。そしたら彩花は少し考えるように唸って。

「んーそうだなぁ。私は直接言われるのも嬉しいと思うけど……ラブレターも素敵だと思うな！」

「どうして？」

「だって自分のために時間を掛けて、わざわざ書いてくれた物なんだよ！　貰って嬉しくないことなんかないよ！」

【うんうん】

【いいね】

【確かにそうだよね！】

【この時代にラブレターはポイント高いよな】

【手間がかかってるもんね】

コメントは好評みたいだが……ラブレターって一長一短だと思うんだよなぁ。文才だって必要だし、そして何より……。

「いきなり送られてきたら怖くない？」

「そう？　サプライズみたいで嬉しくない？」

そりゃ好きな人から貰ったら嬉しいだろうけど……これ以上は言わないでおくか。下手に敵作りたくないし。

「じゃありリィは？」

最後に俺はリリィへ振ってみた。そしたら……予想外の返答が来て。

「そうだな……正直、あたしはどんな方法で告白してもいいと思うんだ！」

「えっ？」

「これは質問の答えになってないかもしれないけど……告白なんて成功する時はするし、失敗するから！　だからオマエのやりやすい方法でやったら良いと思うんだ！」

【草】

【でも確かにそう】

【ぶっちゃけ告白方法なんて誤差だよな】

【リリィちゃんらしい答えだ】

【ある意味一番いい答えかもな】

「でも……オマエはとっても勇気ある行動をしようとしてるから、自信持っていいぞっ！　それで、結果が分かったらあたしに教えてくれよな！　もし駄目だったとしても……励ましてやるから！　その時はまた、あたしのとこ来てくれよな！」

【泣いた】

【良い子やなぁ……】

【勇気付けるのホント上手いな】

【本当にリリィちゃんは優しいね！】

完璧過ぎるリリィの答えに、俺らは何も口を出せなかった……そんな俺らを不思議に思ったのか、続けてリリィは俺らに呼びかけて。

「……ん。急に黙ってどうしたんだ、二人とも？」

「眩し過ぎるよっ、リリィちゃんっ……！」

「こっ……これが本物の陽キャってヤツか……!?」

【陽キャの光に照らされてダメージ負ってて草】

【しっかりしろ、魔術師組】

【やはり闇に光は効果バツグンか……】

【ひょっとして、リリィちゃんだけで良かったのでは？】


そして質問は無事に解決……？　したので、彩花は次の質問へと移っていった。

「よし、じゃあ次にいこうか！　次は……おっ、レイボーイからのお便りだね！　すっぱい葡萄くんからのお便りです！」

「面白い名前だな」

「レイさん、ゲストのリリィさん、ラメーンマンさんこんにちは！」

「おい」

【草】

【草】

【草】

「うひひっ、ラメーンマン……！　ラメーンマンって……!!」

リリィは特徴的なあのビジュアルを思い出したのか、笑い続けている。その笑い声につられた彩花は、一旦読むのを中断したのだった……。

「……いや、続けていいぞ。レイ」

「あ、うん。僕は中学生なのですが、今年のバレンタインデーにあまり喋ったことのない女の子から手作りクッキーを貰いました。それ以来、その子のことが気になって仕方ないです。これって脈アリでしょうか？　脈アリなら、告白するべきかどうか教えてください……だって！」

「……」

出たな、この質問……この中学生にマジレスするのは心が痛いけど、勘違いをしたままでいる方がきっと辛いから……俺が言ってやるしかないんだッ……！

「いやー、私は結構気があると思うんだけどね。だから早く告白するべきだと思うけど……類はどう思う？」

「本気で言ってるのか、レイ……俺は脈ナシだと思ってるよ。それも高確率で」

「ええっ、なんで⁉」

【まぁそうだよな】

【義理の線が強い】

【いやー手作りは気持ちこもってると思うけどな】

【レイちゃん派だな俺は】

二人の論争にコメントは、ルイ側とレイ側の二陣営に分かれ始めた……おお、凄い。何かの討論番組みたいになってきたぞ。

「まぁお便りにはあまり詳しく書かれていないから、俺視点での想像が多くなるけど……まずバレンタインデーにクッキーを貰った、というところがポイントだ。バレンタインと言ったら普通、何を渡す日だ？」

「分かったぞルイ！　チョコレートだ！」

「リリィ正解。そう、バレンタインはチョコを渡す日になっているんだ」

【チョコ以外も渡すことあるんじゃ？】

【マフィンとかクッキーもアリでしょ】

【チョコが嫌いな人もいるだろ！】

「みんなの意見も分かるけど、今は一般的な話をしている……だからここではチョコではなく、なぜクッキーを選んだのかを考える必要があるんだ」

「じゃあ類、どうしてその子はクッキーを選んだの？」

「俺が思うに、多分その子はお菓子作りが得意だったんだろう。市販のチョコを溶かして固めただけの、なんちゃって手作りお菓子を配ってる同級生とは格が違う」

「類……全国の女子中学生を敵に回してない？　大丈夫？」

言ってて自分もちょっとマズいと思ったが、俺に女性ファンはもうほぼいないし……それよりも彼に現実を見せる方が大事なんだ！　そう思った俺はここでギアを上げ、みんなに強く訴えかけた。

「……そこで彼女はクッキーを作った！　でも作ったことのある人なら分かるけど、案外クッキーって多くの量を作ることが出来るんだよ！　もちろん何回も焼く必要があるから、時間は掛かって大変だけど！」

【ん？】

【あれ】

【流れ変わったな】

【まさか……】

「多くのクッキーが出来上がるということは、そのクッキーを渡せる人も必然的に増える……つまり！　あんま喋(しゃべ)ったことのないクラスメイトの君にも、渡す余裕が出来るってことなんだアッ!!」

【うあああああああああ!!】

【やめろおおおおおおおおお】

【そういう意味だったのか!!】

コメントは阿鼻叫喚(あびきょうかん)するが、俺は追い打ちをかける。

「更にっ、ここにはクッキーとしか書かれてないけど、本命にはチョコクッキーだったかもしれないし、型を取った可愛い形のクッキーだったかもしれないんだよ!!」

【あああああああああああああああ!!】

【もうやめましょうよ!】

【やめたげてよお!】

【モウヤメルンダッ!!】

【もうやめてルイ! とっくに質問者のライフは0よ!】

「……以上だよ。レイ、納得したか?」

「あ……うん、えっと。納得はしたけど……類に友達が少ない理由も、ちょっとだけ分かったかも」

「えっ」

彩花の言葉に、心臓がキュッとなってしまう。キュンじゃないよ、キュッだよキュッ……やっぱり俺ってデリカシーないのかなぁ……?

「じゃあ類の答えを踏まえて……リリィちゃんはどう思った?」

ここで彩花はリリィへと振った。俺の発言の後の答えは、相当難しいものだと思うが……リリィはちょっとだけ悩んだ後。

「そうだな……確かに、ルイの考えも間違ってないかもしれないけど……でも! 少なくとも、オマエは嫌われてなんかないと思うぞ! どれだけクッキー作ったって、嫌いな人に渡すヤツなんかいないもん！」

　そうやって質問者を励ました。そしてリリィは続けて……。

「だからオマエは自信持っていいぞ！　その子がオマエのこと好きかどうかまでは分からないけど……関係なんかどうにでも変化するから！　だからまずはその子に、クッキーの作り方でも聞いてみたらどうだ？」

　質問者にアドバイスまでしたのだった。ああ、なんて良い子なんだ、リリィは……！

【完璧過ぎる答え】

【リリィちゃんは優しいなぁ……】

【リリィに相談枠とか取ってほしいなこれは】

【リリィちゃんのファンになります！】

　そんな完璧なリリィの答えに比べて……俺は……俺はっ……！

「……なんか。自分のことが恥ずかしくなっちゃったな」

【草】

【草】

【反省出来てえらい】

【偉いか？】

【でも、ルイの現実的なアドバイスも必要だと思うよ】

【リリィちゃんが一番、質問者に寄り添ってるけどね……】

——それから俺らは、何個か質問を解決していった。まぁ解決したのか怪しいものもいくつかあったが、コメントは盛り上がっていたので良しとしよう……。

「ふぅー結構読んだねー。時間的にそろそろおしまいかな？」

「ええーっ！　もう終わるのかー⁉」

「まぁ、二時間超えてるしな」

モニター下にある時計には『22:24』の表示がされていた。予定では、もうとっくに配信を終えてる時間である。

「んー。そっかぁ……」

だけどリリィは分かりやすく悲しそうな声を出した。確かにこの楽しい時間を終えるのは、ちょっとだけ俺も寂しいのだが……。

「じゃあ、最後に簡単なやつ読もっか！　それを答えて、配信を終わろう？」

そんな気持ちを読み取ったのか、彩花(あやか)は俺らにそんな提案をしてきたんだ。

「ああ、いいんじゃないか？」

「うん、分かったぞ！」

その提案にリリィは納得したようで、元気に返事をした……聞いた彩花(あやか)は笑って、そのままお便りを読み上げていくのだった。

「じゃあこれが最後だね！　えー、スデイレちゃんからのお便りです！　レイちゃん、ルイくん、リリィちゃん、こんにちは！」

「あっ、真面目に名前読んでくれる人来た……」

当たり前だというのに何だろうな、この嬉しさは……？

「三人がキュンとするシチュエーションを教えてください！　……だって！」

「……そんだけ？」

「それだけ！」

それ本当に聞きたい質問なのか……？　まぁ、この質問は打ち合わせの時にも聞いていなかったやつだし、彩花がすぐに終わりそうなのを選んだんだろう。でもキュンとするシチュエーションって言われても……そんなパッと思いつくもんなのか？

「じゃあ……誰から言う？」

「はいはい！　あたしから言うぞ！」

「おお」

そんな率先して言うものでもないと思うけどな……そしてリリィは妄想してるのか、えへえへと笑いながら喋りだして。

「へへー。あたしはなー。ほっぺに缶ジュースをピトってくっつけられて『リリィ、最近元気ないぞ。大丈夫か？』みたいなことを言われてみたいな……！」

【ベタ】

【ベタだあ】

【昔の少女マンガ？】

【逆にそれ女子マネがやるやつでは？】

【リリィに元気ない時ってあんの？】

「うん。ベタだなぁ……」

「えー良いだろー⁉　キュンとするだろー⁉」

いやぁ、そんなのフィクションでしか見たことないし。そして何より……。

「急にそんなことされたら、普通にキレちゃいそうだ。『うわ、冷たッ！』って」

「……ルイはされたことないのに分かるのか？」

「言い返せないからやめてくれ」

【草】

【草】

【つよい】

【それは禁止カードだ】

「んー。じゃあルイは、どんなことにキュンとするんだよ？」

そしてリリィは俺に尋ねてきた。うーん……キュンとすると言っても、色々ジャンルがあるけれど。まぁ例えば……。

「そうだなぁ……お弁当作ってきた後輩が『ルイ先輩のために作ったんです！　自信ないけど、食べてくれたら嬉しいです……！』って言いながら、恥ずかしそうにお弁当を渡してくる、みたいなのはグッと来るかもな……！」

【うわ】

【うわぁ……】

【アフレコきつい】

【後輩ってところが一層キツさを増す】

【でも正直分かる】

【ルイはそんな青春を送れなかったんだね……】

コメントからはかなり引かれていたが……二人は黙ったままでいた。

「……何か言ってくれよ、リリィ」

「いや、人の理想に口出しするのは良くないなって……」

「そんな優しさいらない！」

いやいや、キモいと思ったならそうやって言ってくれよ！　憐れんだ目で見られる方が、俺的にはキツイから！

「はぁ……じゃあ、二人とも恥ずかしいこと言ったし。レイの答えも聞かせてくれよ？」

最後に、俺は彩花へと尋ねてみた……そしたら彩花は予め考えていたかのように、スラスラと答えを口にするのだった。

「うん、私はねー。自分が困ってたり落ち込んでたりする時に、助けに来てくれたら嬉しいなって思うかな？　そして優しく頭をナデナデしてくれたら……もっと嬉しいかも！」

【いいねぇ】

【可愛い】

【まともだ】

【前二人が強烈過ぎたんだよ】

【ルイとリリィはアニメの見過ぎだ】

彩花の回答は比較的称賛されていたが、俺からすれば頭ナデナデという行為も完全にフィクションの類いに入るんだよなぁ。それに……。

「……レイの言うそれは『ただしイケメンに限る』ってヤツなんだろ？」

「えっ？　あははっ！　まぁそうだねー。頼れる白馬の王子様みたいな人じゃないと、キュンとはしないかもねー？」

「だと思ったよ。あーあ、聞くんじゃなかった……」

「……ルイ、どうして悲しそうなんだ？」

「は、はぁ⁉　なに言ってんだリリィ！　全然悲しくなんかねぇーし⁉」

突拍子もないことをリリィに言われ、変な声で反論してしまう。いやいや！　なんで彩花のキュンとするシチュエーション聞いて、俺が悲しくならなきゃいけないんだよ……⁉

【草】

【草】

【かわいい】

【小学生か？】

「あははっ！　じゃあ今日はこの辺で終わろっか！　みんな、長時間ありがとね！　おつレイだよ！」

そしていい感じの落ちを見逃さなかった彩花は、ここで締めの挨拶に入った。続けて俺とリリィも挨拶をした。

「みんな、おつリリィ！」

「うん……おつかれだ」

【おつレイ！】

【おつー】

【楽しかったよー！】

【面白かった！】

【三人のコラボまたやってくれ〜！】

【絶妙なバランスだった】

そして一息ついた後、彩花は配信を切ったのだった。

「いやー！　今日はホントに楽しかったぞー！」

「ふふっ、お疲れ様だよ二人とも！　……ね、類。今度お弁当作ってあげよっか？」

「なんでだよ」


そんな感じで放送が終わった後、ちょっとだけ雑談をして。俺らは通話部屋を解散したのだった。途中、彩花がお弁当の具材について色々聞いてきたのが気になったけど……もしかして本当にお弁当を作ってくれるんだろうか？　まぁ冗談の可能性もあるし、あまり期待はしないでおこう……彩花だって暇なわけじゃないもんな……。

〔五章〕
正しい青春なんて無いんです

そんなわけで次の日。今日は配信もバイトも無い、完全なお休みの日である……ふふ、何をしようか。ゲームするのも悪くないが、溜めに溜めまくったアニメを消化するのもアリだな……よし。今日はアニメ鑑賞の日にしよう……！

「ん？」

そうやって決めた瞬間、スマホからはバイブレーションが。俺は誰から掛かってきたのかも確認せず、そのまま応答した。

「もしもし？」

そしたらスマホの向こう側からは、可愛らしい声が返ってきて。

『もしもーし、ルイ君。お久しぶりです、根元ですよ』

「ああーネモさん！　どうかしましたか？」

電話の相手はマネージャーのネモさんだった。それに気づいた俺の反応で、ネモさんはちょっとだけ嬉しそうな声に変わって。

『ふふー。今日はですね、ルイ君に嬉しいお知らせを持って来たんです』

「嬉しい知らせ？」

『はい。なんと……ルイ君に公式番組の出演依頼が来たんですよ！』

「えっ？　公式番組……ってどんなのですか？」

俺はクエスチョンマークを頭に浮かべる。もちろん公式番組という存在は知っていたが、番組にも色んな種類があるのも知っていた。どんなのに出るんだろうと、俺が考えていると……ネモさんは口を開いて。

『はい。今回はですね「安藤先生の理科準備室」のゲストとして呼ばれています。毎週金曜に公式チャンネルでやってる番組ですね』

「理科準備室？　爆発実験でもするんですか？」

『違います……まぁ簡単に説明するとですね。中学校の理科教師の安藤和夫先生と、その中学に通う学生の市ヶ谷もちさんが、理科準備室を模したスタジオでダラダラお喋りするって番組です。私も毎週見てますけど、ゆるい感じで面白いんですよ？』

「へぇー。でもそれ、ゲストが来る理由付けが難しくないですか？」

『ああ、それはたまに「理科準備室の扉が異空間に繋がる」という設定になってるから大丈夫です。だからルイ君が出演する時は、違う世界の扉から迷い込んだって体になりますね』

「ぶっ飛んだ設定っすね……」

……でもちょっと面白いかも。ＶＴｕｂｅｒの何でもありみたいな設定は、俺結構好きだぞ。

『……あ、すっかり出演する体でお話ししてましたが。ルイ君はこの番組に出てくれますか？』

「あっ、もちろんですよ！　来た仕事はできる限り受けますから！」

『なら、良かったです。予定では来月の出演になりますから、事前に視聴して温度感を確認するのをオススメしますよ。きっとルイ君は安藤(あんどう)先生ともちさんのこと、ご存知なさそうですし』

「いやいや、知ってますよ……見た目は」

『見た目だけ知ってても意味ないでしょ……一応顔も合わせることになるんですから、どんな人か知っておくのは大切ですよ？』

「あっ、はい……分かりました」

ここは素直にネモさんの言うことを聞いておくべきだろう……ゲストで来た新人が、あまりにも何も知らなかったら、その番組のファンの人も嫌だもんね……。

『あとですね。何か相談事もセットで持って行くのをオススメしますよ。確か悩み事がある人が理科準備室に繋(つな)がりやすくなってる、みたいな設定があった気がします』

「そんなのあるんすか……？」

でも確かに、何も話題も持ってこなかったら、二人に気を遣わせることになりそうだし……うん、何か考えておこうかな。でも俺の最近の悩みって言ったら、アレくらいしかないんだけど大丈夫かな……。

『これで以上ですかね。時間や場所はこの後メッセージで送りますので、確認しておいてくださいね？』

「はい、ありがとうございます、ネモさん！」

『ええ。では、失礼しますね』

「失礼しまーす」

そして俺は電話を切った後、ＹｏｏＴｕｂｅを開き……早速、安藤先生の理科準備室を第一回から再生していくのだった。

「……」

「……ふふ」

「……」

「…………予想以上に面白いぞ、これ！」


それから俺はスキマ時間を見つけるなり、安藤先生の理科準備室……略してアンリカを視聴していた。穏やかで気品のある安藤先生と、不思議ちゃんで自由気ままなもちさんの掛け合いは、非常に惹かれるものがあった。

「これに出られると思うと、めちゃくちゃワクワクするなぁ……」

第十回アンリカを視聴する頃には、すっかり二人のファンになっていた。

そして番組当日。俺はネモさんから送られていたスタジオへと足を運んでいた。

「やべ……めちゃくちゃ緊張するなぁ……」

もうＶＴｕｂｅｒの活動は結構慣れたものだと思っていたが、まだまだ俺も新人だなぁ……ちなみにネモさんは他ライバーのマネージャーもやっているので、一緒に現場に来るとか、そういったことはあまり出来ないらしい。

でも困ったらいつでも連絡していいとは言ってくれているので、そこまで不安ではないけど……できる限りこういうことは、自分だけで何とかしたいよな。思いながら俺は、楽屋が並んでいる廊下を歩いて行く……ホントにこっちで合ってるよな？

「……ん？」

そして何歩か廊下を歩いて行った先に……部屋の前に『安藤和夫様』『市ヶ谷もち様』そして『ルイ・アスティカ様』の張り紙が貼られていたのが目に入った。

「……芸能人か？」

こんなのテレビでしか見たことないんですけど……とりあえず場所はここで合ってるみたいだが。入っていいんだよな？　いやでも誰か先にいるかもしれないし……ノックするべきだよな……ノックって二回だっけ？　三回だっけ？

「おっ、落ち着けルイ……！」

確かノックは少ない回数より多い方が良いって、誰か言ってた気がするから……うん、ここは四回だ！　……コンコンコンコン。

「し、失礼しまーす……」

そしてノックの後にゆっくり扉を開けると、中に男性が座っていたのが見えた。見たところ三十代前半くらいだろうか。白のジャケットを羽織った黒縁メガネの彼は、絵画になりそうなほど様になっていた。

だ、誰だこのイケおじは……？　メイクさんとかか……いや、ＶＴｕｂｅｒである我々には必要ないだろ⁉　じゃ、じゃあまさか……！　俺が結論づける前に、彼は入り口の方に視線を向けて。

「ああ、こんにちは。ひょっとして君がルイ君ですか？」

「あっ、はい……って、もしかして安藤先生ですか⁉」

俺の問いかけに、彼は微笑みながら……自分の胸に手を当てて。

「ええ、如何にも。僕があの安藤ですよ」

「ほ、ホントですか！　あのっ、俺、今日のためにアンリカ見てて！　めちゃくちゃファンになったんです！　第十四回のタイムリープ回はホントに神回でした！」

俺はオタク特有の早口で、感想を伝える……ちなみにその十四回のタイムリープ回は、ただの通常回かと思ったら途中でもちさんが暴走してしまい……化学薬品を調合して爆薬を作って、理科準備室を爆破させ、安藤先生が番組冒頭にタイムリープしてしまうという回である。

最終的に安藤先生はもちさんが髪型を変えたことに気づき、それが似合っていると褒めて、暴走のトリガーを抑え、ループから脱するというオチである……今思うとこれもうボイスドラマの域じゃない？

そんな俺の感想を聞いた安藤先生は、恥ずかしそうに頭を掻いて。

「あはは。あれを神回と言われると、ちょっと恥ずかしいですね……でも嬉しいです。実はあれ、当日の朝にもちさんから『今日はこんな回にしない？』と提案を受けて、私が台本を書き上げた回なんですよ」

「ええっ、凄っ！」

まさか台本を書いたのが安藤先生だったなんて……やっぱりこの人天才じゃないか……？

「……というか。よくその台本にゴーサイン出ましたね？」

「ええ。この番組は凄く自由にさせてくれるんですよ。悪く言えば、任せっぱなしとも言えますが……まぁ、彼女とのネタは尽きることがありませんからね。だから基本的に何でもやらせてくれるこの番組は、とっても好きなんです」

「そうでしたか……それ聞けたの嬉しいです！　俺もこの番組好きで、絶対に終わってほしくないですもん！」

「ははっ。僕も同じ気持ちです」

また安藤先生は優しく微笑んだ……ああ。これ俺が女の子だったら絶対に惚れてたな……。

「それで……もちさんはまだ来てないんですか？」

「ああ。彼女はいつも三分前くらいに来られますよ」

「結構ギリギリっすね……？」

「彼女曰く、これでも早い方らしいです。絶対に遅刻しないのは、この番組ぐらいと前に仰っていましたからね」

「そうなんですか……？」

それはそれでどうなのかと思うが……まぁ自由人という言葉が似合う彼女だからこそ、許されてるところがあるんだろうか。もちろん遅刻しないことが一番なんですけどね。

「まぁ、時間はまだまだあるので……良かったらルイ君、ゆっくりお話でもしませんか？　実は僕もルイ君に会えて感激しているんですよ」

「えっ……！　ホントですか!?　めちゃくちゃ嬉しいです……！」

「ええ。初配信から注目していましたからね」

「……」

その単語に俺の表情筋は固まる……初配信からって……。

「…………ってことは。ア、アレも？」

俺は落語家さながら、麺を啜るジェスチャーをする。それを見た安藤先生は、口元を手で隠しながら上品に笑って。

「あははっ。ルイ君は面白いですねぇ……ええ。全部見てましたよ」

「あ、ああ……マジっすか……はっ、恥ずかしい……！」

何かすっげぇ顔が熱くなってきた。彩花や視聴者に見られるのとは、また違った恥ずかしさがあるよ……だって俺の尊敬してる安藤先生だもん！　ファンだもん!!　思わず俺は両手に顔を埋めた……。

「いえいえ。初回から爪痕を残し、次の配信でネタにするのは、中々出来ない芸当ですよ」

「ほ、ホントですか……!?」

「ええ。それが出来るルイ君は、きっと大成すると思いますよ」

「あっ……安藤先生ー！　俺、嬉しいです！」

その言葉で感極まってしまった俺は、思わず座っている安藤先生の肩を掴んで、軽くハグをした……刹那。後ろから扉の開閉音が聞こえてきて。

「……あ。センセー。彼氏いたの？」

振り返るとそこには、茶髪のロングヘアに黒マスク。紺のパーカーにチェック柄のスカートを身にまとった少女が突っ立っていた。俺は咄嗟にこう叫んでいた……。

「ごっ……誤解ですっ!!」

……それから誤解を解くために、俺は安藤先生から離れ……反対に彼女は先生に近づいて、俺のことを尋ねていた。そんな俺達の仲介役に先生はなってくれて。

「ああ、紹介しましょうか。彼がゲストのルイ君です。そしてこちらの彼女が市ヶ谷もちさんですね」

「「ああー」」

やっぱりこの人がもちさんの中の人だったのか……同時に俺らは顔を見合わせる。そしたらもちさんの方から、俺の傍までやって来て。自己紹介をしてくれたんだ。

「や、どもどもー。もちです。気軽にもちって呼んでいいよー？」

「あっ、どうも、ルイ役の類です……！」

俺も緊張しながらも、もちさんに自己紹介を返した……見たところ彼女は現代っ子って感じで、年齢は俺よりも下に見えた。まぁ流石に中学生とまではいかないだろうけど……それでももちさんは、俺の顔を見つめたまま。

「あー。やっぱルイルイって本名だったんだねー？　なんとなくそうなんじゃないかなーって、もちは思ってたんだけど」

「そうなんですか……？」

それよりもルイルイ呼びが気になるけど……特にツッコまないでおこう。

「あ、もちにはタメ口で大丈夫だよ？　多分、ルイルイの方が年上だし」

「そ、そう……そうなの？」

「うん」

だったらタメ口でも大丈夫かな……でも安藤先生はもちさんに対しても、敬語なんだけどな。まぁ先生はそういったキャラだから、もちさんも納得してるんだろうけれど……というかもちさんじゃなくて、もちって呼ぶべきなのか……？

「……でね、そう思ってた理由はねー。レイちゃんとのコラボ配信見てた時、レイちゃんの『ルイ』って呼び方があまりにも自然過ぎたんだよ。まるで何年間も呼んでたかみたいに……ね？」

……………え、いや、鋭っ!? 配信だけでそこまで見抜くなんて、もちさんの観察眼は侮れないや……。

「流石だね、もちさん……いや、もち。白状すると、レイは俺の幼馴染なんだよ。といっても、また頻繁にやり取りするようになったのは、最近のことなんだけどさ」

それを聞いた二人は、ちょっとだけ驚いた表情を見せて。

「へぇー！ レイちゃんと友達なのは知ってたけど、幼馴染なんだー！」

「あっ、でもこのことはあんまり他言しないでほしいな……？」

このことを視聴者が知ったら、変な勘違いでもされそうだし……何よりそのネタでイジられるのは、彩花も嫌だろうしな。一応、我々はバーチャルな存在だからね。

それを聞いたもちは、首を縦に振ってくれて。

「うん、もちろんだよー。……でもいいな、幼馴染かぁー。何だかもち、そういった関係に憧れちゃうよー」

「そう？　でも一緒に学校に行ったりだとか……そういう幼馴染らしいことをした覚えはあまりないけどね」

主に俺が恥ずかしがってたからな……小学生の頃はよく遊んでいたけど。中学からは早起きして登校中に彩花と鉢合わせないようにしたり、高校ではわざと彩花とは別の高校を受験してたからな……うん。今でこそ彩花といるところを誰かに見られても、なんとも思わないが。当時は若かったからなぁ……。

そしたらもちは段々と、不満そうな表情に変わっていって。

「えー。どうして？　幼馴染は窓から部屋の行き来するのが普通じゃないの？」

「それは漫画の読み過ぎだって……」

「じゃあ毎朝起こしに来るとかは？」

「ないない……」

「小さい頃、結婚の約束をしたとか……」

「ないないないない！　というかどんだけ幼馴染のテンプレ押さえてんの、もちは⁉」

あまりにも彼女の口からあるあるが出てくるもんだから、驚いてしまう……そんな俺を見たもちは、ケラケラと。

「あははー。もちはラブコメとか恋バナとかが大好きなんだよー。それに幼馴染系ヒロインって、可愛い子が多いと思わない？」

「うん、それはまぁ……」

それには同意するが、幼馴染って負けヒロイン筆頭の属性なんだよなぁ……。

「まぁ、ヒロインレースには全く勝てないいんだけど」

「あえて言わないようにしたのに」

「なんで勝てないいんだろうね？　優しくて可愛い……ただ、素直になれない子が多いだけなのに」

「理由、全部言ってる」

「そういえばもちさん、今日は来るの早いですね。何かあったんですか？」

安藤先生の問いかけに、もちさんは何か思い出したのか。ポンと手を叩いて。

「そうそう、今日は占いの結果が良かったから、早くスタジオに来てみたんだよー。結果としてルイルイとセンセーの面白い場面見れたから、当たってたみたいだけどねー？」

面白い場面って、俺がハグしてたシーンだよな……？　それ見て占い当たってるってよく思えるよな……。

「そういえばもちって、占い好きだったっけ」

俺のその言葉に、もちは嬉しそうに反応して。

「おっ、よく知ってるねー？」

「一応この番組のファンですから。歴は浅いですけど」

「へぇー」

前にもちは番組で占いが好きなことを公言していた。そのことを俺は覚えていたのだ……そしてもちは続けて。

「じゃあルイルイ、この番組の流れとかも知ってる感じ？」

「まぁ大体は。ゲスト回は、理科準備室に迷い込むところからだよね？」

「そうそう。最初は私とセンセーが喋(しゃべ)ってるからー。ルイルイは自由に寸劇しながら理科準備室に入ってね？」

「分かった……でも緊張するなぁ……」

番組の自由度が高い以上、ミスや滑ったりするのは全部自分のせいになるから、その辺のプレッシャーはかなりあるんだよなぁ……と、そんなことを思ってると。安藤(あんどう)先生が俺に声を掛けてくれて。

「大丈夫ですよ、ルイ君。視聴者の皆さんも優しいですから」

「もちろんそれは分かってますけど……でも、優しさに甘え過ぎるのも良くないかなって。俺はこの番組が好きだからこそ、きちんとやり遂げたいなって思ったんです」

そんな俺の言葉に……二人は顔を見合わせて。

「おおー、もちよりちゃんとしてる」

「ふふっ、僕らも見習わなければなりませんね？」

「ああいや、マジでお二人は普段通りで大丈夫ですから！」

俺のせいで空気が変わるのも嫌だし……あくまでもこの番組は二人の番組で、俺はただのゲストということを忘れてはならないのだよ。

そして安藤先生は俺の緊張をほぐすためか、こんな提案をしてくれた。

「じゃあせっかくですし、少し練習しておきますか？　台本ありますし」

「いい案だね、センセー？　でも練習なんて何ヶ月ぶりだろ？」

「練習無しで、よくあんな神回連発出来ますね……？」

「あははっ、光栄です……では、オープニングトークに入るところからいきましょうか」

「はーい」

「……はい、お願いします！」

そして俺らは渡された台本を開いて。三人で番組の流れを確認していくのだった。

そして本番。俺らは収録スタジオに移動して、スタンドマイクとノートパソコンが置かれた机の前に座らされた。このパソコンはアバターを動かすためにあるのか、コメントを確認するためにあるのか……はたまた両方の性質を併せ持つ、のか。後で聞いてみよう。

そして周辺には何人かスタッフさんもいて、高そうな機材も多く並んでいた。それらが何に使われるものか、俺には全然分からないが……あれで効果音とか出すんだろうか？

ひとまず俺はスタッフさんに挨拶して……時間まで台本に目を通すことにした。安藤先生ともちは雑談をしてるらしい。ああ、裏でも仲良いところ見られて嬉しいな……と俺は横目で光景を眺める……行動が完全にただのオタクなんだよなぁ、俺。

「前、失礼しますねー」

台本を読んでる途中、スタッフさんが俺の前にあるパソコンをイジって何か設定をしていたので、俺は彼に話しかけてみた。

「これって何に使うんですか？」

「ああ、これはモデルを動かすために必要なんですよ。ここにｗｅｂカメラ付いてますし……あとコメントもこれで確認出来ますよ」

……あ、当たってたぁ。

「そうなんですね。ありがとうございます」

「いえいえ。頑張ってくださいね、ルイさん」

そう言って、若い男性スタッフは去って行った……いやぁー。改めてだけど、色んな人に支えられて成り立ってるんだなぁＶＴｕｂｅｒって……俺も頑張らなきゃな。

「おっと。開始まであと一分ですね」

「ふふー、ワクワクしてきたね、ルイルイ？」

「そうだね……楽しみだ！」

本当はまだまだ緊張してるけど。それ以上に楽しみが上回っていたのは、確かだった。

そして放送時間の十九時になって。『安藤先生の理科準備室～！』タイトルコールの後、ほのぼのとしたＢＧＭをバックに二人の会話が繰り広げられていった。

【待機】

【きたーー！】

【こんばんわー】

【きたああああああああ】

【待ってた！】

【ギリギリ間に合ったーー！】

「……ねぇーセンセー。好きな四字熟語って何？」

「唐突ですね、もちさん。どうかしたんですか？」

「いやー。今日国語の授業で、好きな四字熟語を挙げようって時間があったんだけど……そこでボケる男子が、つまんないったらありゃしなくてー」

「へぇ。例えばどんなのでしょう？」

「うーんと。スマホゲームに出てくる必殺技とか、古のネットスラングとか。あと、セクシー女優の名前とか！」

「……なるほど」

【目に浮かぶなぁ……】

【つまんない男子中学生の解像度が高すぎる】

【身内だけで盛り上がってるヤツじゃん】

「それで、センセーならどう答えるかなって思ってー」

「そういうことでしたか。なら……僕は無難に一期一会とかを選ぶでしょうか。一度の一度の出会いを大切にしていきたいと思っていますからね」

「ああ、良かったー。焼肉定食とか答えようもんなら、ここ爆破してたよー」

【草】

【草】

【草】

【爆破……うっ、頭が……】

【また先生がタイムリープすることになるなｗ】

「あはは……冗談でも、そういったことは言わないようにしましょうね？」

「はーい」

　そしてここで二人の視線が俺に向けられた……つまりここからは、俺のターンということだ。

俺は台本を片手に、与えられた演技をしていく……。

「……はぁー。ったくレイのヤツ、魔導書の返却を押し付けやがって……なんで俺が図書館まで行かなきゃいけないんだよ？」

【お】

【うおー！】

【きた！】

【ルイだあああああ！】

【ラーメンきちゃあー!!】

　配信画面に『ルイ』のアバターが表示され、コメントは一気に盛り上がる。湧き上がる嬉しい気持ちをグッと抑え……俺は演技を続けていった。

「よし……ここだな？」

　俺の言った直後に『ガラガラ』という扉の開くSE（サウンドエフェクト）が入る……タイミングは完璧だ。

「んっ？」「おやおや」

　そして二人は俺と初対面（したという体（てい））の声を発した。負けじと俺も、ロールプレイを続ける。

「………なっ、えっ？　ここはどこだ……!?　確かに俺は、図書館の扉を開いたはずなんだが……!?」

「あれっ、もしかして新入生？　図書室は三階だよ？」

「いやいやもちさん、彼をよく見てください。恐らく彼は別世界から飛ばされてきた方ですよ。服装が僕らと全然違うじゃないですか」

「うおっ、ホントだ！　その帽子かっこよーっ！　もちもあれ被(かぶ)りたーい！」

【確かにもちちゃんに似合いそう】

【あーあルイ、この二人に出会っちまったか】

【ロールプレイしてるルイが新鮮で笑える】

【強キャラなルイは公式番組でしか見れないなｗ】

イジってくる視聴者をよそに、俺は台本を読み上げていく……。

「いや、ちょっと待ってくれ……状況が分からないんだが……？　まさか、俺が転移魔法を喰(く)らったとでもいうのか……!?」

「いえ、多分違います。たまに時空に歪(ゆが)みが生じて、ここの扉が別世界の扉と繋(つな)がっちゃうことがあるんですよ。先月も妖精の国と繋(つな)がってましたからね」

「……じゃあここは？」

「ここは空晴(そらはれ)中学校の理科準備室だよー？　職員室が嫌いなセンセーが、引きこもってる場所なんだー」

「もちさん……余計なこと言わないでください」

【草】

【先生可愛いなw】

【その設定初めて知った】

【背景にコーヒーメーカーあるもんな】

俺もその設定は初めて知ったが……ここでは『ルイ』らしい台詞をチョイスしていく。

「へぇ……別世界の学校か。面白い……」

「ああ、待って待って！　他の生徒にバレたら面倒なことになるから、時空が戻るまではここに留まっておいて？」

「そうですね。僕もそれをオススメします。目立つのは貴方も避けたいでしょう？」

「まぁそうだな……分かった。君らに従うよ。えっと……」

「もちはもちだよ、市ヶ谷もち！」

「僕は安藤和夫です。理科教師であり、彼女の担任も担当しています」

彼らに続いて、俺も自己紹介をしていく。ここで俺はちょっとだけ、アレンジを加えてみた。

「俺はルイ・アスティカ。魔道士、いわゆるウィザードってヤツだ」

【ウィザード？】

【嘘つかないでください】

【ラーメン屋さんだろ？】

【いつの間にラーメンバイトからジョブチェンジしたんだ】

【嘘だろ……ルイ、ラーメン屋畳んだのか……!?】

「……」

……コメントで笑ってしまいそうになるが、俺は唇を噛み締め我慢する……。

「うぃざーど？」

「魔法使いってことです。でももしそれが本当なら……理科教師として非常に興味がありますね」

「でももちだって、QKファイヤーくらいは出来るよ？」

「ゲームの話ですか？」

「違う違う！　センセーがやってたやつ！」

「……もしかしてフラッシュペーパーのこと言ってるんですか？　あれ危険だから、遊び半分で持ち出しちゃ駄目なんですよ？」

……フラッシュペーパーとは。可燃性が高い、一瞬で燃える紙のことである。この紙はマジックなどでよく使われる道具であり、安藤先生が実験配信で使用したことで、ちょっとだけネットで話題になっていたことを俺は知っていた。

「でもセンセー、配信で見せてたじゃん！」

「僕は先生だからいいんです。それに一度授業で炎見せると……やんちゃな男子生徒の心を一気に摑めるから、練習する必要があるんですよ」

何だかリアリティのある発言だ……まぁ、ここでの俺の台詞はこれ以外あり得ないんだけどな。

「へぇ………アンタ、火属性か？」

「あはは っ、違いますよ？」

【草】

【草】

【草】

【草じゃなくて火だぞ】

【火生える】

【生えねぇよ】

「……それでルイ君。最近、何かに困ってることってありませんか？」

「えっ、どうしてだ？」

「ここにたどり着く人って、何か悩み事があったりする人が多いんですよ。詳しい原因は未だによく分かっていませんけれどね？」

……そう。この番組に来るゲストは、何かしら悩みを持っているみたいな設定になっている。当然その内容はゲストに委ねられるので、ここからは台本に無い会話が繰り広げられることになるのだ。

「まぁ……無いと言えば嘘になるけど……」

「そうですか……よかったら、僕らに話してみませんか？　知らない人の方が、案外喋りやすかったりするものですよ？」

【先生優しい】

【過去一自然な入りだな】

【ルイに悩みってあるのか？】

【モテないことでしょ】

【ラーメンキャラが拭えないことじゃない？】

コメ欄では俺の悩み予想が始まる……この流れを変えるためか分からないが、もちは俺に話しかけてくれた。

「あ。ルイルイ、とりあえず座ったらどう？」

「ルイルイ？　ああ、そうするよ……」

そしてもちはダミ声で。

「でってけでってんでーんー。りかしつのいす～！」

「背もたれ無いやつぅ」

【草】

【懐(なつ)かしい】

【なんで旧の方なんだよｗ】

それから放送画面の背景には理科室のイスが用意され、俺は二人にお悩み相談をすることになった。俺は事前に考えていた悩み……というか、ＶＴｕｂｅｒになる前からずっと感じていたことを、二人に向かって話していった。

「それでルイ君、どんなことで悩んでいるんですか？」

「えっと。悩んでるって言うと、またちょっとニュアンスが違うかもしれないけど……たまに心が苦しくなることがあるんですよね」

【いつの間にか敬語になってて草】

【いつものルイに戻ってるってｗ】

【短いロールプレイだったな……】

【心が苦しい？】

【重症じゃないか】

そこでもちが会話に入ってきて。

「心が苦しい？　ルイルイ……それ、恋じゃね？」

「結論づけるのが早すぎますよ、もちさん……でも身体的なことなら休養するなり、お医者さんに相談するべきだと思われますが……」

「ああいや！　そんな深刻なヤツじゃなくて！　軽いやつですよ！」

俺は慌てて両手を振って否定する。そしたら安藤先生はお医者さんのように、詳しく中身を尋ねてきて。

「それでは、どのような時に苦しくなるんでしょうか？」

「えっとまぁ……例を挙げるならですね。日常系アニメを見ても、みんな楽しそうで羨ましいなぁって思ったり」

「ふむ」

「文化祭でバンドやってる動画を見て、こんな体験したかったなぁって憧れたり」

「んー？」

「高校生カップルを見て無性に寂しくなったり。ギャルゲーやってても、学生時代にこんな恋愛したかったなって思って、苦しくなったりするんですよ………あっ、俺はまだ学生なんですけどね!?」

【学生時代……？】

【気づくのが遅い！】

【まぁルイの気持ち分かるよ】

【俺もそんな学生生活送りたかったよ……】

　コメントでは俺の気持ちを分かってくれる人が結構いたみたいだ。そして安藤先生は、少しだけ考える素振りを見せた後、こう発言をして。

「ルイさん。恐らくそれ、青春コンプレックスってやつじゃないでしょうか？」

「青春コンプレックス？」

「ええ。現代の人に多く見られる症状です。きっとソーシャルメディア等が発達したことが影響しているんでしょうけれど……」

　このタイミングでもちは、安藤先生にそのことを質問してくれて。

「センセー、青春コンプレックスってどういうこと？」

「簡単に説明すると……学生時代に青春を送れなかった人達が、現在までそのことを引きずってしまう状態のことですね」

【辛辣ゥ！】

【ルイは学生だぞ……設定上は……】

【まんま俺じゃん】

【視聴者にも大ダメージ入ってるって】

そんな予期せぬダメージを視聴者に与えてしまったが……もちはケロッと。

「ああー。そんなのがあるんだー……でもルイルイ。そんな悩みなら、一瞬で解決できると思うよ？」

「えっ？」

反射的に俺はもちの方を向く。そして俺と目が合った彼女は、自分のほっぺに手を当てて……口角を上げたまま、こう言ったんだ。

「今から青春すればいいんだよー、青春を！」

「えっ、今からって……？」

もちの回答に俺は困惑するが……そのポーズのまま、もちはため息を吐いて。

「はぁー。そういうところが駄目なんだよールイルイ。大人になってから制服着て、テーマパークに行く人もいるんだよ？」

「まぁ……それは知ってるけど」

「それにさ、人生で一番若いのは今日ってよく言うじゃん？　悩む暇があったら、今すぐ行動あるのみじゃない？」

もちの言葉に俺はハッとする……それを聞いた先生は微笑んで。

「あはは。確かにもちさんの言う通りですね。何事も遅いことなんかありませんし……それに、ルイ君には青春しやすい環境が揃っているでしょう？」

「環境……」

「ええ。ルイ君はスカイサンライバーという、愉快なグループに加入しているじゃないですか。青春するのにもってこいの仲間が大勢いますよ？」

「……！」

そっか……もう俺は独りじゃなくて。スカサン内に友達がたくさんいるんだ……！　もちろん目の前にいる、二人も……！

「……じゃ、じゃあ……俺、安藤（あんどう）先生を遊びに誘ってもいいんですか!?」

「あははっ。ええ、もちろんです。都合が合えば、喜んで行きますよ？」

「本当ですか！　やったぁ……！」

そこでもちは不満そうな声を上げて。

「えー。ルイルイ、もちは誘ってくれないのー？」

「あっ、いや、もちもいいなら、是非俺と遊んでほしいな……！」

「やったー。じゃあ今度、ルイルイの青春取り戻し会でも開こっか？」

「ん？　あ、ああ！　やろう！　何するか分かんないけど……」

【良かったな、ルイ】

【もちちゃんのお陰で解決したな】

【泣けるぜ……】

【ハッピーエンドだな】

【ルイの青春を俺らにも見せてくれ！】


　意外と俺の悩み相談が早く終わったので、俺らは青春談議を続けることになった。

「あとひとつ、ルイ君や視聴者の方に伝えておきたいんですけど。あんな漫画や映画みたいなキラキラした青春って、送れてる人の方が少数ですからね？」

「……そうなの？」

「ええ。今の時代、SNSなんかで他人の青春を覗き見しやすくなっただけで……一人で過ごす人だって大勢いるでしょうし。何を隠そう僕も、学生時代は一人でいることがほとんどでしたからね？」

　そうだったのか……安藤先生は大人しい性格だとは思うが、陰キャとかそういったオーラは全く感じないもんな。だから先生は自らその青春を選んだんだろうけど……ここでもちはイタズラっぽく先生に尋ねて。

「えー、センセーモテそうなのに？」

「あはは、当時は勉強が一番楽しかったですからね。今思えば、もう少し遊んでよかった気もしますが……あの過去があったからこそ今の自分がいると思えば、当時の自分も愛おしくなりますからね」

「それはすごいや……」

今の俺からすれば、暗黒の学生時代を思い出すだけで頭が痛くなるもん。これも年を重ねれば、段々マシになるんだろうか……？

「まぁー、もちも青春真っ盛りの時期だけど……みんなで遊ぶことより、占いに行くのを優先することが多いから、一人で過ごしてる時間の方が長いと思うなー」

「そっか……みんなそんなもんなのかなぁ……？」

「ええ、色々な青春の過ごし方があるのですよ。正しい青春なんて無いんです」

【正しい青春は無い……か】

【先生の言葉は深いな】

【俺も肯定された気がしてちょっと楽になったよ】

【まぁ過去は取り戻せないしな】

先生の言葉で少しだけ心が軽くなった気がした……俺と同じ気持ちになった人も、きっと視聴者の中にはいるだろう。

「でも、ルイルイは青春を取り戻したいみたいだから……今から青春取り戻し会の中身でも考えよっか？」

「ああ、やっぱり内容考えてなかったんだ……」

「ふふっ。僕も加担しましょうか？」

　そして三人で、青春取り戻し会の内容について話していくことになった。もちは考える素振りを見せつつ、こんなことを口にする。

「うーん。でも青春にも色んなジャンルがあるよねー？」

「え、ジャンル……？」

「うん。さっきルイルイが言ってたので言うと、文化祭での演奏は仲間と力合わせる系の青春だね。部活の大会で優勝を目指すってのも定番だねー？」

　ここで安藤先生も口を挟んできて。

「何気ない日々ってのも青春ですよ。教室の窓から差し込む日差し、チョークの音、他愛のない会話。放課後聞こえてくる吹奏楽部の演奏、そして秘密の空き教室……」

「え、なんか二人とも詳しくない⁉」

【草】

【青春の解像度が高い】

【まぁ先生と生徒だもんな】

【青春してる真っ只中だもの】

　確かに二人は学校に通う設定のキャラクターだけども……いや。そんな踏み込んだ話はしない方がいいか。安藤先生は安藤先生だし、もちはもちだもんな……。

「あー。あとはやっぱり恋愛も外せないよねー？　人を好きになるってもう、それだけで青春じゃん。エモじゃん？」

「恋愛ね……」

確かに青春というワードには、必ずと言っていいほど付いてくる要素だよな……ファストフード店のポテトみたいな存在だもんな……。

「確かに俺にもそういう憧れはあるけど……恋に恋するのは違う気がするからさ。本当に好きな人が出来てから、恋愛はしたいよね。まぁ……未だに付き合ったりしたことのない俺が、何言ってんだって感じだけど」

言ってるうちに恥ずかしくなって、俺はつい笑ってしまう……そんな俺を見たもちは、ちょっとだけ真剣な表情に変わっていって。

「いや、ルイルイのその考えは素晴らしいものだと思うよ。でも……もうちょっとだけ自惚れてもいいんじゃない？」

「自惚れ？」

「うん。どうせ自分のこと好きな人なんていないーって思うよりは、もしかしてこの子自分のこと好きなんじゃ……って思う方が、人生楽しめそうだと思わない？　そこから恋ってのが始まるんだよ？」

「なるほど……」

それは面白い考えかもしれない。でも恋人は疎か、友達すらまともにいなかった俺のことを好きになる人なんて、一人もいるわけが……。

「…………」

……いや、なんでここで彩花(あやか)の顔が思い浮かぶんだよ、俺は!?

【中学生に恋愛を教わる魔道士の図】

【いつになく真剣なルイに笑う】

【でもルイはモテると思うんだけどなぁ?】

【余程のノンデリか鈍感か……】

そして何やらコメ欄がやかましくなってきたが……ひとまずそれは置いといて。先生が上手(うま)くまとめてくれた。

「まぁ恋愛はともかく、スカサン内ではバンドをやってる方もいれば、ゲームの大会に参加する方も多くいますし。学校を模したスタジオなんかもありますから、比較的青春しやすい場所だとは思いますよ。もちろん、ルイ君からの行動が必要になりますけどね?」

「そうですよね……分かりました。先生、ありがとうございます! 俺、頑張って失われた青春を取り戻してみせますよ!」

「おおー。何だかすごい台詞(せりふ)だね?」

「あははっ、頑張ってください。もちろん僕で良ければ手伝いますから……いつでも誘ってくださいね?」

「はいっ！　……ってなんか画面揺れてません⁉」

　このタイミングで俺は、配信画面の背景が揺れ動いていることに気がついた。もちろんこれは放送事故なんかではなく、演出だということには何となく察しはついていたが……それでも突然この画面を見たら、驚かずにはいられないよ。

「ああ、時空が歪(ゆが)んでるみたいです。ひょっとして、ルイ君の世界にまた繋(つな)がったんじゃないでしょうか？」

「ってことは……もうお別れの時間だね、ルイルイ。楽しかったよ？」

　ここでノートパソコンに表示されている時間を見ると、開始から一時間経過しようというところであった。つまり……もう少しで番組が終わるということである。

「……そっか。もっと二人と喋(しゃべ)りたかったけど……別れも青春だよね？」

【草】

【草】

【うるせぇｗ】

【そういうキャラじゃねぇだろお前ｗｗｗ】

【早く行けってｗｗｗ】

「ええ。きっとまた会えますよ」

「……はい！　じゃあまた会いましょう、先生！　もち！」

「またね、ルイルイー！」

そして光に包まれる効果音と共に『ルイ』は画面から消失したのだった……。

「……帰って行きましたか」

「面白い子だったねー。でもあんな強そうな魔法使いも、青春を追い求めてるものなんだね？」

「天才ゆえに孤独って感じだったのでしょうか……でも、彼ならもう大丈夫ですよ。今からでも青春出来るってことに気づけましたから」

「……そっか。んじゃ、センセー、もち達も青春しよっか！　最近駅前に新しいゲーセンできたみたいだから、一緒行こー？」

「それは出来ませんよ、もちさん。僕らは教師と生徒の関係なのですから」

「ぶー。つまんなーい。センセーのけちんぼー。頭カチカチー」

「何とでも言ってください」

「はぁー……じゃ、そろそろもちも帰ることにするよ。今日は理科の宿題が、たーんまり出てるからねー？」

「ふふっ、はい。気をつけてお帰りくださいね？」

「じゃーね、センセー？」

ドアの開閉音と共に、もちの姿も消えるのだった。そして最後に残った安藤先生はポツリと呟いて。

「……まぁ。僕の場合はもちさんがここに来てくれるだけで、いつでも青春気分を味わえるんですけどね…………さて、もう一仕事頑張りますか」

そしてキーボードの叩く音。それが次第にフェードアウトして、安藤先生の理科準備室のエンディングテーマが流れていくのだった…………。

【乙】

【おつー！】

【良い回だったな】

【感動回じゃないか……】

【すごいほっこりする回だったねー】

【ルイも良いスパイスだった！】

【ギャグアニメの泣ける回みたいだったな】

「……今日の放送、めちゃくちゃいい終わり方じゃないでした⁉」

「ええ。過去最高の出来でした」

「ふふー。これも青春の力だね、ルイルイ？」

それから放送が終わった後、俺らは少し雑談して……帰る前に二人と連絡先を交換した。先生は「いつでも連絡してくれて大丈夫ですよ」と。もちは「あまりに連絡なかったら、メモ帳として使うよー?」と、ちょっとからかい気味に言ってきた。

俺は笑いながら二人にお礼を言って、そのままスタッフさんにも挨拶して。現場を後にしたんだ……帰り道、メッセージアプリの『友だち』の数が、二つ増えているのをニヤニヤしながら何度も見ていた俺は、きっと変人に見えただろう。

【六章】
オフコラボの誘いは突然に

次の日、俺は電話の着信音で目を覚ました。音を頼りにスマホを手繰り寄せ、繋がっていた充電器を抜き取り、応答する。

「……もしもし？」

そしたら予想通り、聞き慣れた幼馴染の声がして。

『もしもし、類？　もしかして寝てた？』

目を擦りながら時計を見ると、時刻は午前九時過ぎを指していた。普段なら焦る時間かもしれないが……今日のバイトは午後からである。

「完全に寝てた」

『あははっ！　ごめんごめん、でもどうしても昨日の感想を伝えたくて！』

笑いながら彩花は言う。昨日のって……ああ、安藤先生の理科準備室のことか。

「見てくれたのか。嬉しいけど、別に俺が出てるからって、無理して見なくてもいいんだぞ？彩花だって忙しいだろうし……」

『いやいや！　私、ずーっと楽しみにしてたんだよ？　類が番組に出るの！』

「そうなのか？　……じゃあどうだった？」

俺は感想を聞いてみる。そしたら動きが想像出来るほど、彩花は声に抑揚をつけてきて。

『すっっっごい良かったよ！　本っ当に神回だった！　つぶやいたーでも反響あったし、類が先生やもちちゃんと仲良くなれたみたいで、本当に良かったよ！』

「……そうか」

思わず俺は身体を起こしていた。ああ、そうだよ……今の俺があるのは、百パーセント彩花のお陰なんだ。そのことをすっかり忘れていたよ。

「…………ありがとな、彩花」

『え、どうしたの急に？』

「いや、彩花のお陰でさ。今までだったら絶対に経験出来ないことを、色々と味わえてるからさ。だからその……感謝してるんだ」

言ってて恥ずかしくなって、眠気も一気に覚めてしまう。そんな俺に気づいてるのかは分からないが、彩花はまた「ふふっ」っと笑って。

『いいんだよ！　私は類がVTuberになってくれただけで嬉しいんだから！　だから……これからも楽しいことしていこうよ、類！』

「ああ……だな！」

『…………で。そんな類に提案があるんですけどー』

……ん？　流れ変わったな……？

「もしかして……」

『ふふっ、うん！　類、コラボしよ？　今度はちゃんとオフコラボで！』

「やっぱりか……いや、別に俺は構わないんだけどさ。コラボは最近やったじゃないか。しかも二人だけでオフコラボは、色々とマズイんじゃないのか……？」

こんなこと言うと、初回は彩花の家でやったじゃないかーとか色々とツッコまれそうだが、あれは例外なんだよ。配信する気なんて更々なかったし、そもそもVTuberやってるなんて知らなかったし……そんな風に考えてる俺なんか気にも留めず、彩花は明るい声のまま。

『大丈夫だよー。それに私も、無策でコラボを持ちかけてるわけじゃないんだよ？』

「じゃあ、どんな配信するつもりなんだ？」

『今回はねー。オーウェン組のみんなでコラボ配信やりたいなーって思って！』

「オーウェン組？」

何かどっかで聞いたことある言葉だが……いつ聞いたっけ？

『類、忘れたの？　類と私は「魔法学校オーウェン」に通ってるって設定で、他にも同じ学校に通う魔術師のライバーがスカサンにはいるんだよ！　その子ら全部合わせて、オーウェン組ってグループにまとめられてるんだ！』

「……あー。ちょっと思い出してきた」

塩沢さんがそんなこと言ってた気がする。確か彩花と関わり持たせるために、俺もその魔術師の一員に加えてくれたんだっけ……？

「そもそも、そのオーウェン組って何人いるんだ？」

『えっと……私と類と、あとカレンちゃんとロビンくんだから、四人だね！』

「まーた新しい名前が出てきたな……？」

スカサンに加入して一ヶ月ほど時間は経ったが、流石にまだ全員の顔と名前は把握していないんだ。覚えるべきなんだろうが、あいにく俺は記憶力が無くてな……それに一ヶ月前までは、VTuberとアニメキャラの区別すら付いてなかったから……ってこれは言い訳か？

『流石にこの二人は覚えておくべきだよ！　今後絶対に、このメンバーで活動することがあるからさ！』

彩花は強く言い切った。今後のことを見越して、早いところオーウェン組で顔を合わせておくべきってのが、彩花の考えなんだろうか。だったらこの誘いも断るわけにもいかないよな。

「ああ、分かった……とりあえず二人について調べてみるよ」

『うん！』

そして俺は通話を繋いだまま、スマホでスカサンの公式サイトを開いた。そのままスクロールしていって、オーウェン組のライバーを探していく。

「えっと、カレン……あ、いた。このカレン・ストーリーって子か？」

俺は学士帽を被った、りんごほっぺの銀髪少女を見つけた。その子の下には『カレン・ストーリー』と名前が書かれていた。

『そう！　カレンちゃんはちっちゃくて、ホントにカワイイ子なんだよ！』

「へぇー」

ロリっ子ってやつか。まぁ一定の需要はあるんだろう……思いつつタップして、そのプロフィールを読み上げてみた。

「『誰にでも優しい、しっかり者の天才少女。飛び級で魔法学校オーウェンに入学した』……なるほど。神童ってやつか」

『ふふ、こうして見るとちょっと類と設定被ってるね？』

「はぁ？　俺はロリでもないし、優しくもしっかり者でもないぞ」

『それを判断するのは類じゃないんだよ？』

「ええ、どういう意味だよ……？」

困惑しながらも俺は画面をライバー一覧の画面に戻り、もう一人のオーウェン組を探していった。えーっと、ロビンロビン……。

「あ、見つけた」

そこには紫髪で耳にピアスを付けた、気だるげな表情をした少年の姿があった。下に書かれている名前は……。

「ロビン・フレイルか……クール系の強キャラっぽいな」

『ああ、ロビンくんはムードメーカーで、お調子者みたいな人だよ？』

「えっ。この見た目でか……？」

『うん！』

……ああ、そうなのか。お調子者なのか……いや、別にいいんだけどな？　初回でキャラ崩壊させた俺が、彼に言えることなんてひとつも無いんだけどな？

『類が加入する前はこの三人で、歌ってみたのコラボとかしてたんだよ！』

「そうなのか。それでこの中に新入りとして、俺が入って……嫌われない？」

『大丈夫だってば！　二人ともとっても優しいし、視聴者のみんなも類のこと大好きだから！　ねっ、安心して？』

彩花は俺に心配させまいと、優しい言葉を投げかけてくる。その彩花の言葉に「そうだな」とは、とてもおこがましくて言えないけど。

「……まぁ。みんなが許してくれるなら。俺もオーウェン組の一員として、頑張りたいとは思ってるけど……本当にいいのかな？」

『ふふっ、うんっ！　もちろんだよ！　……それでね、類がそう言ってくれると思って、先にカレンちゃんとロビンくんのコラボの承諾は貰ってたんだー』

「流石彩花、行動が早い……それでいつコラボするんだ？」

感心と呆れが混ざった感情のまま、俺は彼女に日程を尋ねた。そしたら……若干、彩花は言いにくそうに。

『えっと、来週にはやろうってなったんだけど……場所がまだ決まってなくてね。だからもし……もしだよ？　万が一、類が良かったらだけど……類の家とかどうかなーって思ってて……ねっ？』

「ええ……マジで言ってる……？」

『うん、マジで言ってる！』

彩花は俺の言葉を復唱する……いや、俺の家は色々と厳しくないか……？

「彩花……もっと他の案は無いのか？」

『うーん、他にも考えたんだけどね。私は実家住みでしょ？　カレンちゃんも実家だし、ロビンくんは凄く家が汚いらしいの。スカサンのスタジオ借りることも考えたんだけど、マネージャーさんからオッケーの返事は返ってこなかったんだよー』

「あ、そう……それで残ったのは、俺の家というわけか……」

『うん！』

そういうことか……まぁどうしても場所に困っているというのなら、使ってもいいけどさ。

俺の家、駅から相当な距離あるぞ？　それに……。

「俺の家って、マンションにしてはかなり狭いぞ」

『でも四人が座る場所くらいはあるでしょ？』

「まぁ……それは流石にあるけども……」

そのまま俺は部屋を見渡す。カッコつけて机には観葉植物なんかを置いているが、床には破れかけのクッションやゲームのコントローラーが雑多に転がっていて……お世辞にも綺麗な部屋とは言えないよ。

「仮に……俺の家でやるとしてだよ？　彩花はいいかもしれないが、他の二人は嫌がるんじゃないか？　初対面の人の家に上がるなんて……しかも汚いしさ」

俺はみんなのためを思って、そう言ったのだが……彩花は「んー」と軽く唸った後。

『二人はどこでも大丈夫って言ってたけど……そんなに心配なら、電話してみる？』

「えっ？」

『カレンちゃんとロビンくんに。グループ通話、やる？』

「え、ええ……？」

いきなり会うのなら、まだ吹っ切れが付くけど。間に通話が挟まるとなると、緊張するから嫌だなぁ……でも、ここで逃げるわけにもいかないか。先生に青春してみせますって言っちゃったし。俺も、今までの自分と決別しなきゃいけないからな。

そう決心した俺は軽く頰を叩いて、彩花にお願いをした。

「……分かったよ、彩花。じゃあそれ、頼んでいいか？」

『ふふっ、りょーかいだよ！　まずメッセージで電話していいか聞いてみるね！』

「ああ」

そして彩花に連絡取ってもらって、待つこと数分……どうやら二人から返事が返ってきたようで。

『あ、ロビンくんは出来そうだから今から参加してもらうね！　カレンちゃんはもうちょっと時間が掛かるみたい！』

「そうか、分かった──」

俺が言い終わる前に、通話に参加したことを知らせる効果音と共に……。

『やぁ、我が名はロビンッ……フレイルだ！　会えて光栄だぞ、ルイボーイ……！』

ねっとりした低音ボイスが聞こえてきたんだ………まさかとは思うが。こいつがあの、強キャラ漂う見た目をした……ロビン・フレイルなのか？

「……本物ですか？」

『ああ、如何にも。我がロビンだ……ちなみに本名は翼だ』

「言っていいんすかそれ」

『ふっ、相手がルイボーイだからに決まってるだろう。他のライバーには名字しか伝えていないさ……もちろん母親の旧姓の方を、な？』

「……」

……いや、全然摑めねぇんだけどこの人！　何、何なの!?　怖いんだけど!?

「えっと、ろ、ロビンさんは……いつもそのテンションなの？」

『ああ、我は何者にも縛られない……自由人なのだからな！』

「いや、意味が分かんないってば……」

『んふっ！　これが通常通りのロビンくんなんだよ！　慣れないうちはちょっと大変かもだけど、本当に面白いから！』

「え、ええ……？　これが通常運行だと、逆に心配になるんだけど……」

　俺は困惑の声を上げる……やっぱりＶＴｕｂｅｒって、これぐらいぶっ飛んでいないと人気出ないんだろうか……？　やっぱり俺、とんでもないところに足突っ込んでしまってない？　今ならまだ引き返せるんじゃないか？

　そしてロビンは彩花と会話を始めて。

『おお、久しぶりだな、レイ嬢。前回のオーウェン組カラオケ配信以来かい？』

『そうだねー！　もうあれも三ヶ月前になるんだっけ？』

『ああ、時が経つのは早いものだ。毎日暑くてうんざりしていたというのに、もう次の夏を待ちわびている自分がいるのだよ……な、ラーメンボーイ？』

「もしかしてそれ、俺のこと……？」

『君以外誰がいると言うのだね、ハッハッハ！』

「……」

　うん。確かにお調子者だな……そして彩花は、どうにか話を戻してくれて。

『えっと、それでねロビンくん。オーウェン組コラボについてなんだけど……今回は類の家でやろうってことになってさ。ロビンくんはそれでもいいかな？』

『全く構わないぞ。むしろルイボーイにそんなことを頼んで、大丈夫なのかい？』

「ああ、それは大丈夫ですよ。俺新人だし、それでみんなの役に立てるなら……」

ここでロビンは食い気味に、俺の言葉を遮ってきて。

『そんなことは気にしなくていいんだぞ、ルイボーイ。我々は対等なんだ。新人だからどうとか、そんなのは一切考えなくていいんだぞ？』

「えっ？」

『我々は仲間なんだからな。それに敬語も無しにしようじゃないか。言いたいことが言える相手こそ……本物の友というものだろう？』

「……ああ。そうだな」

さっきまで戸惑ってはいたが……その言葉を聞いて、俺はロビンのことを信頼しても大丈夫だと直感したんだ。きっとこいつは俺と似て、色々と不器用なヤツなんだろうな……多分。

「ありがとな、ロビン……でも今回は場所も決まらなそうだし、俺もちょっと楽しみになってきたからさ。だから良かったら、俺の家に来てくれないか？」

『ふむ、そういうことなら承知したぞ、ルイ。それならば遊びに行かせてもらおうか……土足でな』

「なんでだよ」

『アメリカン式のスキンシップだ』

「色々と勘違いしてない？」

――ここで、通話に参加したことを知らせる効果音がまた鳴って。

『あっ、カレンちゃんも来たみたい！』

『ああっ、遅れてすみません、レイさん！　出かける準備をしてました！』

非常に幼い感じの、可愛らしい声が聞こえてきたんだ。それはまるで声優さんみたいな特徴的な声だった。

『全然大丈夫だよ！　それで……カレンちゃんは類と初対面になるよね？』

『ルイ……あっ、ルイさんですね！　初めまして！　私はカレン・ストーリーと申します！　よろしくお願いしますね！』

「あ、よろしくお願いします」

俺は挨拶を返す……ああ、良かった。カレンさんはまともそうな人で助かったぜ……。

『ルイさんのこと、レイさんから色々と聞いてますから……こうやって話せて嬉しいです！　仲良くしてくださいね！』

「はい、もちろんです！　ちなみに……レイは俺のこと、何て言ってました？」

『んーと……ウサギみたいな人って言ってました！』

「どういうこと⁉」

俺のどこにウサギ要素があるんだ……⁉　あれか？　足が短いとかそういうことか……⁉

……それで、彩花はちょっとだけ焦ったように遮って。

『まっ、まぁそれは置いといて……カレンちゃん。今度のコラボ、類の家でやろうってなったんだけど、大丈夫かな？』

『はい！　私はレイさんがいれば、どこでも大丈夫ですよ！　ついて行きます！』

カレンさんは全く気にする様子も無く、元気にそうやって言った。どうやら彩花に懐いてるらしい……なんだか意外だと思ったが、考えてみれば彩花って面倒見の良いやつだったっけ。近所の子供を連れて街を歩いたりしてたし……まぁこれ、小学生時代のエピソードだけどな。

『ふふっ、ありがとう！　じゃあ詳しい日時は、またすぐに知らせるから！』

『はい！』

『じゃあ二人とも、またねー！』

『はい、失礼しますね！』『ふっ、サラバダー！』

そう言って二人は通話から去っていった……そして残された彩花は、またクスクスっと笑って。

『良かったね、類！　二人ともお家に来てくれるって！』

「ああ、掃除しなきゃだな。面倒だ……」

『んふふっ！　楽しみだって、素直に言えばいいのに？』

「……」

……やっぱり彩花は俺のことなど、全てお見通しのようだ。

それから通話を終えた俺は、部屋の片付けを始めた。一度掃除を始めてみると、細かい部分も気になってしまうもので……一日じゃ終わらないと直感した俺は、細かい計画を立てて。リビングや玄関など一ヶ所ずつ掃除していったんだ。

そんな掃除生活が何日か続いていって……そして迎えたコラボ当日——

「……なんで俺はソワソワしてるんだ？」

現在午後五時半。俺は椅子に座ったまま、彼らが家に来るのを待っていた。彩花達は、どこかで待ち合わせをしてから俺の家に来るらしいので、時間は掛かるとは思うが……六時には配信を開始する予定になってるので、そろそろ来ていい頃とは思うんだけど。まだだろうか……？

『ピロンピロン』

「……！」

突如、エントランスからの呼び出し音が聞こえてきた。来たのか？　俺は急いで立ち上がって、インターホンの画面を見てみる……そこには。

「……」

カチューシャを付けた小柄な少女、ダボダボパーカーのニヤついた青年。そして二人の後ろで、腕を組んで立っている彩花の姿が見えたんだ。確かめる必要も無いだろうが……こいつらが、愉快なオーウェン組のメンツで間違いないだろう。

俺は通話のボタンを押し、ソワソワしていることを悟られないようにして、彼らに声を掛けてみた。

「……はーい」

そしたら手前にいた少女は、目をパチパチっとさせて。

『あっ！　お届け物でーす！』

「……カレンさんですよね？」

『はぅっ！　何でバレたんでしょうか⁉』

「ドッキリするなら別の人でやるべきですよ……」

声が特徴的過ぎるし。何より、エントランスにはカメラ付いてるからね……とりあえず俺は、恥ずかしそうにしているカレンさんを眺めながら、解錠ボタンを押した。

……そしてその後、すぐに玄関の方のインターホンが鳴ったので。俺は玄関まで歩き、鍵を開けて扉を開いた……そこには、モニターに映っていた三人が立っていて。

「ふっふっふー！　遊びに来たよ！　類！」

と。何とも楽しそうな表情をしながら、彩花は言うのだった。

「……うん。とりあえず上がってくれ」

「おじゃましまーす！」「邪魔する！」「お邪魔しますね！」

そして俺はオーウェン組の三人を案内して、リビングに敷いていた座布団に座らせた。ちなみにこれは、昨日買ったばかりのやつである……それにいち早く気づいたのか、彩花はその座布団を指差して。

「あ、類。わざわざこれ買ったでしょー？」

「なんで分かるんだよ……」

「だって、一人暮らしの類には必要ないもんね？」

「……」

クスクスっと笑いながら彩花は言うが……俺が誰かと一緒に暮らしているとか、友達を呼ぶことがあるとかは考えないんだろうか……？　まぁ……実際彩花の言う通りずっと一人だから、何も言い返せないのが歯がゆいんだが。

そしてカレンさんは座ったまま、俺の部屋をキョロキョロ眺めていって。

「わぁっ……私、男の人の家に上がったの初めてです！」

「いや、恥ずかしいから、そんなにジロジロ見ないでね……？」

自分で言ってて何だけど、なんかいやらしいな……この台詞。同様にロビンも、俺の部屋を物珍しそうに眺めながら。

「ふむ、我も人の家に上がるのは久しいことだ……何せ、小学生の頃はほぼ全ての家を出禁にされてたからな」

「何したんだお前」

「フフ……聞きたいか？　……小学生の頃、遊びに行った友達の家で、人数分出されたおやつを一人で全て平らげてしまったのだ。その話が他の同級生にもバレて『ロビンが来るとお菓子が食い尽くされる』と噂が広まってしまったのだッ……！」

「そりゃ出禁モンだ」

そのロビンのエピソードトークを聞いた二人は、腹を抱えて笑って。

「あはは！　そのエピソード面白いね！　放送で言えばよかったのに！」

「じゃあもう配信付けとくか？　ちょっと時間早いけど」

「あ、でも……どんな配信するか決めてないのに、付けても大丈夫なんでしょうか？」

カレンさんはちょっと心配そうに言う。彩花をリスペクトしているカレンさんだし、事前に綿密な打ち合わせをしたいのだろう。別にそれでも構わないのだが……ロビンは「フゥン」と一言吐いて。

「まぁ今回はルイボーイの歓迎会みたいなコラボだから、多少グダグダでも許されるんじゃないだろうか？　それに今日はルイボーイのチャンネルで行うから……判断は彼に任せるのはどうだろう？」

「うん、そうだね！　類に任せよう！」

「はい！　そういうことなら分かりました！」

そして全員納得したようで、判断は俺に委ねられた……確かにロビンの言う通り、俺らの顔合わせパーティーみたいなものだから、そんな練った打ち合わせも必要ないだろう。でもまぁ、話しておくことがあるとすれば……。

「分かった。えっと、じゃあ今回は緩い感じで、トーク中心の配信でいこうか。途中で視聴者からの質問とか拾って、簡易的な質問コーナーもしてもいいし……やることなくなったらゲームとかもあるし。そんな感じでどうかな？」

「ふふっ、うん！　良いと思うよ！」

彩花を先頭に、残りの二人も頷いてくれた。

「よし、じゃあ配信の準備をしようか……あ、ＶＴｕｂｅｒのモデルって俺しか動かせなくね？」

「なら静止画でもいいから、私達の立ち絵を表示させておくべきだね！」

「ああ、分かった」

俺はノーパソ片手に、配信画面の準備をしていく……。

「ルイさん、マイクも用意しておいた方がいいと思います！」

「ああ、確かにそうだね。でも俺のスタンドマイクじゃ、全員の声は拾いにくいかもしれないな……？」

「あっ、私、念のためにマイク持ってきましたよ！　皆さんの声が聞こえるやつ！」

「わーお、流石だぁ」

カレンさんはバッグから全指向性マイクを取り出し、皆が囲んでいる机の中心にそれを置いてくれた。いやぁ、エリート配信者が揃ってると本当に助かるなぁ……。

「ルイボーイ。我も手伝おうか」

「ああ、じゃあ頼むよ………って何してんだお前!?」

ロビンの方に目をやると、彼は金色の風船を膨らませていた。その空気入れの上下運動を続けたまま、ロビンは淡々と。

「見れば分かるだろう。飾り付けだ」

「なんでそんなもん持ってきてんだ……？」

「百円ショップに寄ったからな。パーティー帽子と……ほら『本日の主役』のたすきも買ってきたぞ」

空気入れの手を止めたロビンは嬉しそうに、持っていた袋からパーティーグッズを取り出してきて。そしてそのまま『本日の主役』たすきを俺に掛けてきた。

「これ、配信に映らないんだけど……まぁ、ありがとな」

「ふふ、礼には及ばん。我も楽しみだからな」

「……よし、じゃあそろそろやるか」

「はい！」「おー！」

そして配信準備が整ったことを確認した俺は、皆に視線を合わせ……ライブ配信を開始のボタンをクリックしたのだった。


【こんラーメン】

【おっ、オフコラボとは珍しい】

【そういやルイもオーウェン組だったな】

【ラーメン組……？（小声）】

【草】

【卓上調味料生える】

【生えてたまるかｗｗｗ】

いつもの（しょーもない）コメントが流れているのを確認した俺は、カレンさんが持ってきてくれたマイクに近づき、声を発した。

「……あーあー。俺の声は届いてるでしょうか、リスナーの皆さん」

【届いてません！】

【届いてないよ！】

【マイク変えた？　聞こえてないけど】

【ホントだ、若干音質違う気がする……聞こえんけど】

マイクソムリエも見てますと……なんでお前まで頑なに嘘つくんだよ。

「……よし、聞こえてるみたいだな。……あと一応言っとくけど。今日はコラボだから、ルイ民はなるべく大人しくしててくれよ？　カレンさんやロビンの視聴者が俺らのコメントのノリを見て、驚くかもしれないからな」

【ごめん】

【ご麺】

【すんま麺】

【ゆる製麺】

【ぶっちゃけロビンの方がイジられてるけどな】

【視聴者に翻弄されるロビン切り抜き↓〇〇〇〇〇】

「ああ、動画あるんだ……じゃなくて！　今日はコラボだって言ってるだろ！　いつものソロ配信みたいに、あんまりコメント相手に出来ないんだってば！　今もレイ達に笑われてるんだからな!!」

俺がコメントと会話してる最中、周囲からは笑い声が聞こえていた。ウケててちょっとだけ嬉しい気持ちもあったが……やっぱり恥ずかしさの方が圧倒的に勝っていた。

【草】

【やっぱりレイちゃんの笑い声だったか】

【俺らを相手してくれるなんて、ルイは優しいなぁ】

【このままルイが一人で喋って終わったら面白いかも】

「面白くないってば……はい。じゃあもう埒が明かないので、自己紹介にいきたいと思いますよ。順番は……時計回りでいいかな」

そう言って俺は、隣に座っている彩花に視線を合わせる……それを察した彩花は元気な声で、いつもの自己紹介をしていくのだった。

「はーい。スカイサンライバー所属、闇属性魔術師のレイ・アズリルだよ！　今日はオフコラボってことで、みんなと会えて嬉しいなー！」

【こんレイ！】

【こんれいー】

【レイが楽しそうでよかった！】

そして次はカレンさんの自己紹介が。

「皆さんのハートを癒やします、ヒーラーのカレン・ストーリーです！　……何だかこうやって見られてると、恥ずかしいですね……？」

【かわいい】

【かわいい】

【今日もカレンはかわいいなぁ！】

で、ロビン。

「ハハハ！　我はロビンッ……フレイルだ！　今日は諸事情により、声量をぬわっちゃんの果汁並みに下げている！　聞き取りにくかったら済まない！」

【出たな】

【ちゃんと聞こえてるって】

【何％だよ】

【オレンジとアップルで果汁が違うんだよなぁ……】

そんで最後は俺。

「……はーい。そして俺がルイ・アスティカです。今日はオーウェン組オフコラボってことで、とある場所に集まっております……まぁ俺の家なんですけど」

【草】

【ルイの家!?】

【ラーメンハウスってか】

「だからまぁ、そんな凝ったことは出来ないけど。お菓子でも食べながら、ゆるゆるっと雑談でもしていこうかなって思ってるよ。俺はオーウェン組の新人で、知らないことだらけだから……足を引っ張らないように頑張りたいと思うよ」

もちろん視聴者の中には俺がオーウェン組に加入して、あまりいい思いをしていない人だっているだろうから。その人達から認められるように……ってわけでもないけど。少しでも考えが変わったらいいなって思ってるよ……。

「わっ」

突如、隣から肩を叩かれた。振り返ると……ロビンは白い歯をキラリと見せながら、陽気に笑って見せて。

「ハハハッ！　そんなことは気にしないで良いんだぞ、ルイボーイ。我々はもう立派な仲間ではないか！」

「……ろっ、ロビンっ……！　お前……！」

……そうだ、ロビンだって本当はめちゃくちゃいいヤツなんだ――

「…………フッ。というわけでベッドの下でも捜索しようか。思わぬお宝が見つかるかもしれないからな」

「おい」

【草】

【草】

【あーあ】

【感動が台無しだよ】

そしてロビンは頭を床に付けて、マジでベッド下を捜索していった。もちろん掃除したので、そこには何も無いんだけど………で。その様子を見た彩花は、ジト目で俺の方を向いてきて。

「えー。類、そんなの持ってるのー？　やらしいんだーー？」

「その話題は広げなくていいっつーの……あと俺はそういうのは全部、電子書籍で買って……」

【あ】

【ん？】

【あっ】

【おい高校生】

「……今のナシな？」

若干……いや、だいぶ墓穴を掘った感は否めないが。別に成人コミックとは名言していないからセーフだろう。うん。セーフセーフ。

……そしてちょっと困ったような表情をしながらも、カレンさんは俺に助け舟を出してくれたんだ。

「えっと……じゃあもう少し詳しく、お互いに自己紹介してみませんか？　私はルイさんとは初対面ですし、知らないことも多いかもしれませんし……それに、視聴者の方もオーウェン組のこと、もっと詳しくなれるかもしれませんから！」

「良い案だな、カレン嬢。今度それ曲にする」

「お前、適当なことばっか言ってんな……？」

「ふふっ、でもいいと思う！　類もカレンちゃんやロビンくんのこと、まだあんまり知らないでしょ？」

「まぁ……恥ずかしながらね」

　コラボが決まってからは二人について調べて、少しだけ切り抜きとかは見たけれど……掃除やバイトがあったため、そこまで時間を割くことが出来なかったのだ。

「しかしカレン嬢、一体何から話せばいいだろうか？」

「うーん……好きな食べ物？」

「その辺はウィキにも載っているだろうし……もう少し踏み込んだものはどうだろうか？」

　そこで彩花がひとつの提案をしてきて。

「じゃあ……ＶＴｕｂｅｒになったきっかけとかはどうかな？　私もみんなのこと気になるし！」

「おお、いいんじゃない？」

「はい！　良い案だと思います！」

ロビンも頷いたことを確認した俺らは、じゃんけんで負けた人から言うことになったんだ。

その結果は……ロビンの一人負けだった。

「ふむ……我からか」

【一発で決まった？】

【ロビンってじゃんけん弱いよなｗ】

【キャラ通りって感じはする】

そしてロビンは珍しくまともな口調になって……語り始めたんだ。

「あまりこのことは言ったことはないのだが……我はな、とあるＶＴｕｂｅｒに会ってみたくてな。その一心でここまで来たのだよ」

「へぇー、それは凄いね！　それでロビンくん、その人に会えたの？」

彩花の問いかけに、ロビンはこくりと頷いて。

「会えたさ。ただ……その方はもう引退してしまってな。『ＶＴｕｂｅｒとして会う』ということは、もう叶わなくなってしまったのだよ」

「……」

俺は何も言えなかった……ロビンに何て声を掛ければいいのか、分からなかったんだ。彩花やカレンさんも俺と似たような表情をしていたから、多分同じようなことを考えていたんだと思う。

「……いや、何だこの空気は⁉　もっと笑ってくれたまえよ⁉」

焦ったようにロビンは言うが……その反応が面白かったので、俺は黙ったままでいることにしたんだ。そしたら彩花は両手で顔を隠しながら、オーバーに。

「し、知らなかったよ……ロビンくんがそんな思いを抱えてたなんて……！」

……続けてカレンさんもバッグからラムネ菓子を取り出して、優しい表情で。

「ロビンさん……お菓子、食べますか？」

「いやいや！　謝るな！　気を遣うな！　我はな！　その人の連絡先も知っているから、完全な別れをしたわけでもないのだよ！」

「何だ、そうなのか」

てっきりもう会えない関係になっているのかと思っていたよ……そしてロビンは「んんっ」っとひとつ、咳払いをして。

「それにな、この話には続きがあって……いつか我が大きなステージに立ってな。一流のＶＴｕｂｅｒになったと彼女が認めてくれたら、また会ってくれると約束してくれたのだよ。だからそれを目標に我は活動を続けているし、別に悲しいわけでもモチベが無いわけでもないのだよ！」

【へぇー】

【そうだったのか】

【ロビンにそんな過去があったなんてな……】

そして話が一段落したロビンは、マジシャンのように両手を広げて。

「……さて、我に時間を取らせてしまって申し訳ないな。次は誰の番だい？」

「あ、じゃあじゃんけんの続きしようか」

ロビンの次に言う人を決めていなかったことを思い出した俺らは、ロビンを除いた三人でじゃんけんをした。次に負けたのは……カレンさんだった。

「あっ、私ですね！」

そしてカレンさんはちょっとだけ考える素振りを見せた後、こう語ってくれた。

「えっと。私はロビンさんみたいに明確な理由があったわけではないのですが……私は人と触れ合うことが好きででですね。ボランティアとか、地域の清掃だとか色々な活動に参加してたんですよ」

「ほぇー。それは凄いや」

一同は感心しつつ、頷いてみせる。

「それで……ある日、VTuberのことを動画サイトで知って。動画を見て、彼女らに元気づけられたのと同時に思ったんですよ。インターネットのこと忘れてたなって、インターネットだったら多くの人と関われるかもって。普段なら出会えないような人とも会えるかもって思ったんです！」

「なるほどー。それでVTuberになったんだね！」

「はい！　そしてVTuberのことを調べて、オーディションを受けて……採用の決め手は、あまりインターネットに詳しくないところって言われました！」

「まぁ……そのピュアさは貴重だと思うからね……？」

　ここまで心が綺麗な人は、中々いないと思うからな……特にネットの世界では……そしてカレンさんは少し恥ずかしそうに、身体をくねらせて。

「……あ、あと、恥ずかしくて言ってなかったんですけど。その、元気づけられたVTuberってレイさんのことなんです……えへへ」

「えっ、カレンちゃん……!?　すっ……好き！　結婚しよ!!」

【あら～】

【てえてえ】

【てえてえなぁ！】

【イチャイチャ助かる】

【場所がルイの家だということを思い出すと、一層笑いが出てくる】

　……てぇてぇ光景に歓喜してるコメントをよそに、俺はカレンさんに尋ねる。

「……ってことはカレンさんは、レイより後に入ったってことなの？」

「はい！　そうなんですよ！」

「フッ、実は初期のオーウェン組は我とレイ嬢しかいなかったのだよ？」

「へぇーそうだったのか」

それは知らなかった。

「じゃあ……これから増える可能性もあるってこと？」

「それは運営さんだけが分かることですね！」

「め、メタい……」

そしてカレンさんの話が一段落したということで、残った俺と彩花でじゃんけんをした。結果は……俺の負けだった。

「じゃあ次は俺だな……つっても、俺が一番きっかけがおかしいんだけどな？　レイと遊んでたら、いつの間にかここに立ってたって感じで……未だに意味が分からないけどな」

「ふふっ！　社長も見る目あったね！」

「……でもレイ、ＶＴｕｂｅｒになる前の俺を配信に出したことで、マネージャーか誰かに怒られもしたんだろ？　ホントよくそんな炎上ギリギリのことしたよな？」

そう言うと彩花は、ちょっと困ったような表情を見せて……。

「…………まぁ、結果よければ全てよしだよ！　だってあれが無かったら、類はここにいないもん！」

「はぁ……まぁそうだけど。一応みんなに言っておくけど、俺はＶＴｕｂｅｒになるつもりなんかなかったし、レイも俺をＶＴｕｂｅｒにさせるために呼んだわけじゃないからな？　説得力無いかもしれないけど……これは本当だから信じてくれよ？」

【でもなっとるやん】

「でもなっとるやん……ってまぁ、そうだけど！　色々あったんだってば！　喋れば長くなるけど！」

【草】

【草】

【そうだぞ！　レイに黒魔術かけられてたんだからな！】

【くくく、黒魔術ｗｗｗ】

【黒魔術使って、また最初期のルイが見てみたいなぁ？】

「だぁあああぁ!!　もう！　黒魔術のこと掘り返すのやめろ!!　俺だって必死に設定を考えてたんだから!!」

初配信の頃を思い出して、俺は顔が赤くなってしまう……そんな俺を見て、ロビンは笑ってみせて。

「ハハハ、まぁルイボーイと同じ方法でＶＴｕｂｅｒデビューする者は、後にも先にも生まれてこないだろうからな？」

「それは言えてますね！」

「そうでないと、大変なことになるからな……うん、よし。最後はレイだな……そういや俺も、レイがVTuberになった理由って知らない気がするや」

「私もです！」

「我もだ」

そして三人の視線は彩花に向けられる……すると彩花はタイミングを見計らったように口を開いて。

「んーと、私はね。あまり理由は無いんだけど……強いて言うなら退屈だったから、かな？」

と発した……のだが。

「なるほど。実にシンプルだな」

「でも、それもいいきっかけだと思いますよ！」

……その彩花の目は、どうも嘘を言っているように見えたんだ。

【そうなんだー】

【まぁ暇じゃないとVTuberなんかなれないよな】

【暇つぶしでもレイがこの世界に来てくれて良かった！】

【レイが暇で良かったわ】

……そのことに気づいているのは、俺一人みたいだけど。いやもちろん、ただの俺の勘違いだって可能性も捨てきれないんだけどな？

そもそもそう思ったのは、ただの俺の勘だし……この流れを崩してまで、問い詰める必要も無いと思った俺は、黙ったままでいることにしたんだ。まぁ聞くにしても、放送が終わってからでいいしな……そしてそのまま彩花は口を開いて。

「よし、じゃあきっかけはみんな言ったし！　次は……何話そっか？」

「そうだな……では、これからの展望を皆で語り合うのはどうだろうか！」

その提案に、カレンさんは大きく手を上げて。

「あっ、それなら！　私は、皆さんと料理がしてみたいです！」

と。それにいち早く彩花が反応して。

「いいねー！　私もカレンちゃんと料理やりたいな！」

「悪くないだろう……でも、配信でやるのは厳しいかもしれないな？」

「俺らはバーチャルな存在だからね」

ＶＴｕｂｅｒが実写動画を出すのはどうなの？　という論争はあったり無かったりするが……別に俺は面白ければよくない？　と思っちゃうタイプなんだけどな。

でもそれが当然みたいになったら『そのキャラの設定必要ないよね？』ってなっちゃう気持ちも分からなくはないけどね。まぁその辺りは俺らが、上手い落としどころを探していくべきなんだろう。

【でも料理配信やってるVTuberもいるし】

【実現してほしいなー】

【ルイ、お弁当作ってもらえ】

【ルイの青春お弁当選手権開催しろ】

ははは……その青春お弁当選手権の案はクソ面白そうだけど、懸念点は参加してくれそうな人が絶対にいないってことなんだよな……。

「うーん……じゃあ、スタッフさんとかに協力してもらうのはどうかな？」

「何ならもういっそのこと、我々四人の番組を作ってもらうのはどうだろうか？」

「それは流石に求め過ぎじゃないか……？」

「ふふっ！　でもオーウェン組の番組があったら面白そうです！」

【確かに！】

【オーウェン組の番組くれ!!　マジで!!】

【毎秒やってくれ】

【社長にお願いしよう】

……まぁ、言うだけタダだし。塩沢さんは無理にしても、ネモさんに相談してみるのも悪くないのかもしれないな。今度言ってみよう。

「では代わって……ルイボーイはどんなことをお望みだい？」

「俺？　そうだな……何をしたいって具体的には思い浮かばないんだけど。でもやっぱり、今まで体験出来なかったことを色々やってみたいと思うな。まさに今、こうやってオフコラボするなんてことも、前までの俺じゃ想像付かなかったことだし」

ＶＴｕｂｅｒになる前は配信はもちろん、家に人を呼ぶなんてことは絶対にしなかっただろうし。でも、いざ配信とか始めてみたら、思ってたよりも楽しくて……そんな風に今まで避けていたことに、色々とチャレンジするのも悪くないと思ったんだ。

「まぁー、類は青春がしたいんだもんね？」

「なんか言葉にすると恥ずかしいからやめてくれ……」

【草】

【今も十分青春してるだろ？】

【本当にルイ、ライバーになれて良かったなぁ……】

「では、ロビンさんは何をしたいですか？」

「我か？　我はな、歌を歌ってみたいな。無論、このメンバーでな！」

「まぁ、ロビンは大スター目指してるもんな」

「ん。あまり茶化すでないぞ、ルイボーイ……」

そしたら珍しく？　ロビンは恥ずかしそうに顔を伏せるのだった……ちょっとだけかわいいのやめーや。

【草】

【かわいい】

【目標知っちゃったら、応援したくなるよな】

【頑張れロビン】

「じゃあレイはどうだ？　何かあるか？」

「うん！　私はね……みんなでゲームやりたいな！」

「ゲーム？　それなら今からでも出来るけど……？」

俺はモニター前に置いてある、家庭用ゲーム機『スニャッチ』の方に視線を向けた。そしたら彩花（あやか）は、自分の髪をくるくる回しながら。

「あー、もちろん類（るい）がいつもやってるゲームもいいんだけど……ボードゲームとか、実際にゲームセンターとかに遊びに行くのも、悪くないいんじゃないかなって思って！」

「ほう、それは面白そうだ！」

「私もレイさんと一緒にプリクラとか撮りたいです！」

なるほど……確かにそれは楽しそうだけども。

「良い案だけど、今から遊びに行くわけにもいかないしな。俺はボドゲも持ってないから……とりあえず今日は、ウチにあるゲームでもいいか？　ボドゲやゲーセンはまた今度ってことで」

「あっ、うん！　それはもちろんだよ！」

「私も楽しみにしておきますね！」

【おお、楽しみだ】

【ボドゲ＆ゲーセン配信来るー!?】

【期待しとくわ】

【これで生きがいができた！】

　こんなことを生きがいにはしてほしくないが……まぁそれだけ楽しみにしてくれる人がいるって、凄(すご)いことだよなぁ。そしてロビンは俺に尋ねてきて。

「それでルイボーイ。今から何のゲームをやるんだい？　四人で出来るゲームといえば……やはりスマファイかい？」

「スマファイは類(るい)が強すぎるからダメ！　イライラしちゃう！」

「あはは……じゃあ『まりもパーティ』でもやるか？　新作買ったけど、ほとんど遊んでないんだよな……ぼっちだし」

　そのパーティゲームのタイトルを聞いたカレンさんは、ピクリと反応を示して。

「あっ、まりパ！　いいですね！　昔、姉とよくやってましたよ！」

「へぇー。カレンさんってお姉さんいるんだ」

「はい！　レイさんに似て、とっってても素敵な人なんですよ！」

「…………そっか！」

「るーいー？　その間は何なの？」

【草】

【草】

【こわ】

【こわい】

【ひぇっ……】

「べ、別に……そういやレイ、コントローラー持ってきた？」

「うん、念のためにみんなの分持ってきたよ」

「超有能」

……そして俺はゲームの準備をして、四人でまりパをプレイしていったのだった。結果は俺の圧勝……かと思われたが、最後のボーナスアイテムでまさかの彩花の大逆転勝利が起こったんだ。納得いかないけど、まぁ……人生ってそんなもんだよね？

その後、俺らはゲームを終えて、そろそろ配信も終わる流れになっていた。

「よーし。じゃあそろそろ締めに入りますか」

【えー】

【もう終わりか？】

【楽しい時間は過ぎるのが早いなぁ】

【まって】

【2回戦やらないか?】

「ああー。確かに二回戦やりたいねー?」

彩花はコメント拾って、そんなことを言うが……現在の時刻は午後九時を過ぎていた。今から二回戦をやるとなると、大変な時間になってしまうよ。そのことを伝えようと、彼女に声を掛けようとしたが……先にロビン達が口を開いて。

「ふむ、やりたいのは山々だが……外はもう暗くなっているし。ルイボーイの言う通り、この辺りで切り上げるべきではないだろうか?」

「そうですね! ちょっと寂しいけど、それが良いと思います! ……でもレイさん、またすぐに四人で集まって、ゲームとかやりましょうね!」

そうやって言ってくれた。聞いた彩花は特にゴネることもなく、笑顔で納得してくれて。

「うん、そうだね! 分かった! じゃあ今日はこれで終わろっか!」

そう言ったんだ……それで、全員の視線は俺に向けられる。改めて俺は、締めの言葉を発したのだった。

「はい、ということで今日のオーウェン組コラボはこれにて終了でーす。見てくれたみんな、お疲れさまだよ」

【乙】

【おつー】

【楽しかったぞ！】

【おつルイ】

【おつルイって言え】

【おつルイって言ってください！】

……ま一た知らないうちにテンプレみたいなのが出来てんな？　でもそんなこと言われたら、俺の中の天邪鬼が発動して、言いたくなくなっちゃうんだよなぁ……そう思いながら三人の方を見ると、何だかニヤニヤしていて……その意味も、俺はすぐに理解するのだった。

「ふふっ！　おつルイ！」「おつルイです！」「フッ、おつルイだ！」

【きたあああああああ!!】

【うおおおおおおおおお】

【ありがとうございます！】

【助かる】

【後はルイだけだよ？】

「いや、なんでお前らが言うんだよ……？」

「だって、類が言わないからー。みんなが可哀想だと思ってね？」

可哀想(かわいそう)って……はぁ。このまま終わったら俺が悪者になるよなぁ……ああ、クソぉ……そんなに望んでるなら言ってやるよ、チクショォ……。

「……………お、おつルイ……」

【きゃあああああああ!!】

【かわいい!!!!!!】

【ありがとうございますありがとうございます】

【これで生きていける】

【「おつルイ」とルイが言ってくれたから、今日はおつルイ記念日】

「………………」

これ以上流れてくるコメントを見たくなかった俺は、無言で配信を終了させたのだった。

「お疲れ様です、皆さん!」

「お疲れー！　今日はとっても楽しかったよ！」

「ああ、我もだ」

放送終了後、三人は余ったお菓子を食べながら反省会のようなものをしていた。それで皆一様にスマホを持っているが……何だ？　写真でも撮っているのか？

気になった俺は、ヒョイッと彩花(あやか)のスマホを覗(のぞ)いてみた。そこにはつぶやいたーの青と白の背景が見えた。ああ、もしかして配信後の呟きをしてるのか……。

「……あ。類スマホ覗いたでしょ。やらしいんだー？」

「いや、ちょっと気になったから……まぁ勝手に覗いたのは謝るけどさ。みんな真面目だね。放送終わったから呟いてるの？」

「そだよー？　そういや類って全然呟かないよね？　もったいないなぁ」

「もったいない？　……まぁ。定期的に呟いた方が良いのは分かってるけど、何を書けばいいか分かんないんだよな。無駄にいいねとか付くの怖いし」

　ＶＴｕｂｅｒになる前にＳＮＳに触れていなかったわけではないのだが……その頃は俺の呟きに反応してくれるのは、せいぜいスパムアカウントくらいだった。それが今じゃ、何千人のファンが反応してくれるからなぁ……下手なこと書けないんだよ。

　そんな俺の心の中を読み取ったのか、彩花は励ますように。

「いや、思ったこと書けばいいんだよ！　面白かったーとか、ご飯美味しかったーとか！」

「そんなんでいいの？」

「いいんだよ！　好きな人のことは何でも知りたいじゃん？」

　そういうもんなのか……まぁ俺のことをフォローしてるってことは、好きとまではいかないにせよ、何かしら情報を求めてるってことだもんな。だったら……呟きの回数でも増やしてみようかな。

「じゃあ俺も何か呟(つぶや)いとくかな。えっと……『今日は楽しかった。また機会があればこのメンバーでコラボしたいな』……とかはどうだ？」

「もーそんなんじゃ堅いよ！　もっと絵文字とか使わなきゃ！」

「絵文字とかあんまり使いたくないんだけどなぁ……どれだ？　両手を上げてオワタみたいにしてるヤツか？」

「うわ、ふっっっっる！　そんなの使ってる人なんかもういないよ！」

「そうなの？」

俺の中ではまだまだ現役なんだが……じゃあもう『ショボーン』とかも時代遅れなのか？　あれ好きだったんだけど。

「そうだよ！　ほら貸して！　私がお手本見せてあげる！」

「あっ」

そして俺のスマホは奪い取られ、彩花(あやか)は何か文章を入力していくのだった。数十秒後、彩花(あやか)はスマホの画面を見せてきて……。

「書けたよ！『配信見てくれてありがとう♡　今日は最高だった！✨　やっぱりこのメンバーサイキョー過ぎ❣　ずっと大好きだよ💕』で、どうかな？」

「やり過ぎだ!!　それ、絶対投稿すんなよ!?」

「え？　したけど……ダメだった？」

「アホぉ!!」

咄嗟にスマホを奪い返すが、時すでに遅しで。その呟きには『乗っ取られてますよw』みたいなリプが、既に大量に届いていた。

「さ、最悪だ……ここで消したら更にガチっぽくなるから、消すに消せねぇし……どうにか弁解しないと……！」

「おーおー凄い勢いでコメント付いてるよ！　バズって良かったね、類！」

「良くないわ！　バカァ！」

「ふふっ！　私も拡散してあげたよっ！」

「ドアホぉッ!!」

……それら一連のやり取りを見ていた二人は、大きく手を叩いて笑って見せて。

「アハハッ！　ルイボーイとレイ嬢は本当に仲が良いのだな！」

「これで……良さそうに見えるのか？」

「はい、見えます！　もうカップル超えて、夫婦みたいですよ！」

おいおい……もし配信中だったら絶対燃えてるよ、その発言は……まぁ配信してないからいいんだけどさ。

「……だってよ、レイさん」

ちょっぴり怒ってる俺は、からかい気味にそうやって言ってみた。そしたら彩花は特別怒るわけでも、恥ずかしがるわけでもなく……ニヤリと口角を上げて。

「……んふふー。そっかー？」

俺を試すように、微笑んで見せた……なっ、なんで満更でもなさそうなんだよ、お前は……？

――そして反省会も終了して。ロビンとカレンさんは、俺の家を後にしようとしているところだった。玄関先で靴を履き終わった二人は、俺の方を向いて口を開く。

「フッ、邪魔したぞ！　ルイボーイ！」

「今日はとっても楽しかったです！　また遊びましょうね、ルイさん！」

「ああ、もちろん！　二人とも、気を付けてな！」

言いながら俺は手を振って、二人を見送る。そしてゆっくり扉を閉めて……まだリビングに居座っている彼女へと、視線を向けるのだった。

「…………で。なんでお前は帰らないんだよ、彩花？」

「あー、やっと名前で呼んでくれたね、類？」

「……はぁー」

俺はため息を吐きながらリビングに戻り、座布団を枕にして床に寝転んだ……もう完全に気を抜いている状態である。

「うわ、それカレンちゃんが座ってた座布団だよ？　やらしいなぁー？」

「近くにあったからだってば。たまたまだよ、たまたま……というかさっきからその言葉、何回も言ってない？　類がいやらしいことばっかりするから、その度に私が『やらしー』って言ってるだけだよ？」

「いや？　流行ってんのか？」

「あっそう……でもエロ本のくだりは、完全にロビンからのとばっちりだけどな」

「うわー。遂に伏せることもしなくなったね？　やらしー」

「もうお前しかいないし、別にいいだろ……」

カレンさんやロビンがまだここにいたのなら、わざとらしい声を出してきて。多少は配慮しただろうけどな……そして彩花は自分の胸を手で隠すようにしながら、わざとらしい声を出してきて。

「きゃー、やっぱり類も狼なんだねー？　こっち近づかないでー？」

「……もう一度聞くけど、なんで彩花は帰らないんだ？」

俺が無視してそう聞くと、彩花はその手をパッと離して。

「ああ、それはねー。部屋の片付けを手伝ってあげようかなって思って！」

「片付け？」

聞いた俺は起き上がって、周りを見回して見る。そこには……お菓子の空き袋、飲み物が入ったままの四つのグラス、本日の主役たすき、そして……黄金に輝く風船が、まだそこには転がっていた。

「ロビンのヤツ、これ持って帰ってなかったのかよ……」

「ふふっ！　これがロビンくんからのお土産かもよ？」

「いらんわぁ！」

そのまま風船を蹴り上げるが、風船は俺をあざ笑うかのように、プカァーと浮かぶだけであった。

「はぁ……まぁ確かに汚れてるし。手伝ってくれるのならありがたいけど。でも彩花だけ俺の家に残るって、何か二人に変な勘違いされない？　大丈夫か？」

「ん？　勘違いって？」

「いや、分かるだろ……その。そういう関係だよ？」

何となく恥ずかしくなってしまって、俺は言葉を濁してしまう……そんな俺が面白かったのか、彩花は小悪魔的に笑ってみせて。

「あははっ！　大丈夫だよ、二人にはちゃんと片付けを手伝うって言ってるから！」

「ならいいけどさ……そういう噂ってすぐに広まるからな。特にVTuberでそんなことがあったら、俺達やっていけなくなるかもしれないだろ？」

「えー？　でも、男女同士のてぇてぇだってあるし。誰々と誰々はガチ、みたいに視聴者がイジってくるノリもあるんだよ？」

「そうなの？　じゃあお前……ルイとレイはガチだぞ、みたいなことを視聴者や他のＶＴｕｂｅｒから言われても平気だって言うのかよ？」

……そしたらその威勢もここまでか、彩花は焦ったような声を出してみせて。

「えっ？　えっと……それは、その……」

「ほら。出来ないのなら、あんまり俺をからかうんじゃねぇって……」

「……いいよ？」

「えっ？」

予想外の言葉に俺は目を見開く……それで彩花は恥ずかしそうに髪で顔を隠しながらも、喋るのを続けて。

「私は類とお似合いとか、ガチとか言われても全然大丈夫だよ。むしろ……そんなこと言われたら、ちょっと嬉しい、かも…………えへへ」

…………何だよ。ホントに何なんだよ、コイツは…………なんで俺まで照れなきゃいけねぇんだよ。あー、クソっ。調子狂うなぁ……。

「…………はぁー。あー……何て言えばいいか……とりあえず。片付け終わったら、とっとと帰れよ？　……その辺まで送ってやるから」

「ふふっ！　類って本当に不器用で……優しいんだね？」

「いちいちうるせぇんだって、お前は……ほら、片付けやるぞ。お前はグラスを流しに運んでくれ。俺はゴミ類をまとめておくから」

「うん、分かった！　よいしょっと……」

そして俺の指示を聞いた彩花は、テーブルに置いてある四つのグラスを腕に抱えて、一気に運ぼうとした……のだが。

「……って、うわわぁああっ⁉」

運ぶ途中で、彩花はコードか何かに足を引っ掛けてしまったのか、絶叫に近い声を出しながら倒れてしまったんだ。当然、抱えていたグラスは全部宙に投げ出されて……それらは全て、音を鳴らして割れてしまった。

「えっ⁉　大丈夫か、彩花⁉」

急いで彩花の元に駆け寄ると、彼女は今にも泣き出しそうな表情をしていて。

「………あ、ご、ごめん……類のグラス、わっ、割っちゃった……！」

「馬鹿、そんなのどうでもいい！　怪我はしてないのか⁉」

「う、うん……大丈夫……」

それを聞いて、ひとまず俺は胸を撫で下ろした……でも彩花はヘマをしてしまったからか、相当落ち込んでいるみたいだった。

「なら良かった……立てるか？　あ、足元マジで気をつけろよ？」

「うん……」

そんな彩花に俺は手を差し伸べて、身体を起こしてやる。そして注意しながら、その場を離れて……俺は破片が飛んだ現場から、彩花に視線を移した。

「この破片は俺が……ってうわ、彩花。お前服もビショビショじゃないか」

「……」

そこで彩花の身体が濡れていることに気がついた。グラスの中には、まだ飲み物の残りや氷も入ったままだったから、それらをモロに浴びてしまったのだろう。流石にこの状態のまま、家に帰すわけにもいかないし……そう思った俺は、彩花にこんな提案をしていた。

「あー……じゃあ風呂場貸すから、シャワー浴びてきたらどうだ？　ベタついてるだろうし……ここは俺が片付けとくからさ」

「…………」

「彩花？」

「…………あっ、うん！　そうさせてもらうね！　ごめんね！」

ワンテンポ遅れて彩花はそう言い、急いでその場から離れるのだった。その後ろ姿を見送った俺は、掃除道具入れからほうきとちりとりを持ってきて……グラスの破片を集めながら、起きてしまった事故について考えていた。

……確かにグラスを割ったのは彩花だけど、運ぶよう指示を出したのは俺だし。恐らく足を引っ掛けたであろうコードも、俺がノートパソコンを充電するために出していた物だから……

この事故は、俺が引き起こしてしまったと言っても過言ではないだろう。だから彩花が風呂場から出てきたら、ちゃんと謝らなきゃな……。

………ん？　出てきたら？

……いや、ちょっと待て、彩花の服はびしょ濡れだったはずだ。それは俺がこの目で確かめたんだから、疑いようが無い。だからあの服はすぐには着れないし、乾かすにしたって時間は掛かるだろうし……え、じゃあどうすんの？

俺から「シャワー浴びてこいよ」みたいに言っておいて、服も何も貸さなかったらもう、やらしいどころじゃないし。それはさっき彩花が言ってた狼と、何ら変わりないし……。

「……！」

そして彩花は風呂場に入ったらしく、シャワーの音が聞こえてきた。やべやべ、とりあえず代わりの服を用意してやらないと……えー……何がある？　俺のパジャマでも着させるか？　それとも学生の頃から着ているジャージでも貸してやるか……。

「…………あ」

……俺が服を探している最中、部屋に掛かっている白のカッターシャツが目に入った。いやいや、風呂上がりにシャツなんてあり得ないだろ。ゴワゴワしてるし。それに彼シャツで喜ぶ女子なんて……アニメの中だけの話だろ？

………なのに。それなのに、どうして俺は……シャツを手にしてるんだ？

「……いや落ち着けって俺!!　流石にこの行動は言い逃れられないって！」

　俺はシャツから顔を遠ざけて、独り言を叫ぶ。変なテンションになっているのは間違いなかったが、完全に冷静さを失っているわけでもなかった。でも彩花がどれ着たいかなんて、俺には分からないしなぁ……。

「じゃ、じゃあ……全部置いとくのはどうだ？　パジャマとジャージと……シャツ」

　三つも選択肢を用意するなんて、本当に優しいなぁ……類くんは。

「……なーんてなるわけがないんだよな。むしろ下心が透けて見えて、引かれる可能性だって捨てきれないし……」

　その考えにたどり着いているくせに、シャツを手放さないでいる俺も、だいぶ頭がおかしいんだけどな……そんなことを思いながら俺は服を持って、脱衣所の扉を開く。そしてシャワー中の彩花へと、扉越しに話しかけるのであった。

「おーい、彩花！　タオルと服、ここに置いとくから使ってくれ！」

「……えっ、あっ、うん！　ありがと！」

「ああ！」

　そしてタオルと三つの服を置いて、そこから出ようとした時……洗濯カゴに、彩花の服が入っていたのが見えたんだ。

「……」

……ご、ごくり。この中に……さっきまで彩花が履いていた……し、下着が。パンツが……入ってるって言うのか…………？

「…………って、いや。いやいやいやいや。流石にそれは駄目だろ、人として……！」

何とか思いとどまった俺は、自分の頬を強く叩いて脱衣所を後にした……そして俺はリビングの片付けを再開したんだ。破片はもう散らばってないし、もう素足で歩いても大丈夫だろう……いや、俺の頭は全然大丈夫ではないんだけどね……はぁー。

「……それで。彩花が上がった後、どうしようか」

このまま帰らせるのは難しそうだし……かと言って、俺の家に泊まるなんて……ヤバいだろ。冷静に考えて。明日平日だし。俺はバイト休みだけどさ。彩花はどうなんだよ。何かあるでしよ。絶対。用事。

「うん……まぁ。彩花の返答次第だよな……」

これ以上一人で考えても仕方ないと思った俺は、お菓子のゴミを集め、無心で掃除を続けるのであった。

……それから数分経って、シャワーの音が止まって。風呂の扉が開く音が聞こえてきた……なんで俺はドキドキしてるんだ？　変な妄想を無限に続けてしまう、自分が嫌になってくるよ。

「はぁ……」

俺はため息を吐きながら、見るものも無いのにスマホを開く。そして適当にホーム画面をスワイプして時間を潰していたんだ。そしたらペタペタと足音が聞こえてきて……その音は俺の近くで止まった。それと同時に彩花の声が聞こえてきて。

「……服、ありがとね。類」

「ああ、そんなのいいって。むしろ謝るのはこっちの方――――」

言いながら俺は、スマホから顔を上げる……そこには。

「…………ど、どうかな？　似合うかな？　えへへ……」

俺のシャツだけを身にまとった……いわゆる彼シャツ、裸シャツとも言われる格好をした彩花が。顔を赤くして恥ずかしそうに。でもシャツの裾を掴んでスカートのように、太ももを見せつけるようにもして……俺の前に立っていたんだ。

「あっ、彩花!?　お前、し、下は……!?」

「……何も穿いてないよ。だってパンツも濡れちゃったもん」

「…………!?」

……絶句。握りこぶしでも入りそうなほど、ぽっかりと開いた俺の口は何十秒も塞がらなかった。だって……だって、この薄いシャツ一枚の下には……彩花の……裸体が…………!?

「いや、お前!!　流石にそれはマズいって!!　駄目だって!!　ヤバイって!!」

「……でもシャツを置いてたってことは……期待してたんでしょ？」

……図星。だが「はいそうです、彩花の彼シャツ姿を期待してました」なんて、口が裂けても言えるはずがない。そんなの恥ずかし過ぎて自害モンだ。

「ちょ、と、とにかく服を……ズボンを穿いてくれ！　ノーパンでもいいから!!」

一周回って、更に変態チックなことを要求しているようにも見えるが……これは彩花のことを思っての発言だった。「じゃあなんでお前はシャツ置いたんだよ」なーんて指摘も入りそうだが……だってマジで着てくるとは思わないじゃんか！　なぁ!!

そして……彩花はギリギリ俺に聞こえるかどうかの小さな声で。

「……私は大丈夫だよ。それに……こういうのちょっと憧れてたし……」

「彩花が良くても俺がマズイんだってば！」

だってどこ見て喋ればいいか分かんないし！　それにほら……俺だって男の子なわけですし……!!　……生理現象は止められないというか……あ、これ『ダイヤモンドは砕けない』で韻踏めるね……いやいいから落ち着いてくれって、俺!!

「とりあえずほら！　これ羽織って!!」

パニック状態の俺は、すぐ隣の寝室から薄い毛布を取ってきて、それを彩花にぶん投げた。毛布を受け取った彩花は、ちょっとだけ不服そうにしながらも……水泳のバスタオルのように全身を包み込んで、ペタンとその場に座り込む。

「はぁ……あーびっくりしたぁ……」

「……」

とりあえず彼シャツ姿を隠してくれたことで、俺は多少落ち着きを取り戻す。そして彩花は毛布を羽織ったまま、無言で俺の方を向いてきたんだ。何だ……何が言いたいんだ……？　ともかく、何か喋らないと……。

「えっと……彩花も簡単にそんな格好しちゃ駄目なんだぞ？　いやまぁ、シャツを脱衣所の真ん中に置いた俺が何言ってんだって感じだけどさ……」

「……だからだよ」

「えっ？」

前半部分が聞き取れなかった俺は聞き返す。適当にはぐらかされると思ったが……彩花は顔を隠すように毛布を口元まで上げ、微かな声で。

「……類だから……だよ？」

……え。え、えーっ？　なっ、何て返すのが正解なんだよ、ここは……？

「そ、そっか……ありがとな？」

いや、絶対違うって！　……でも。彩花は満更でもなさそうな顔してるし……もしかしてこれが正解だったのか？　まぁ……答えは彩花のみぞ知るってね……。

「えーっと、それで……彩花。今からお前の服を洗濯して、乾かしてってすると時間は掛かるだろうけど……どうする？　お前がいいなら、今から洗濯するけど……」

「私は、明日になってからでも大丈夫……だよ。これ以上類に迷惑かけられないし……」

……明日？　じゃあ今日はどうやって過ごすんだよ……？　……って、めちゃくちゃ聞いてほしそうな顔してるんですけど……!?　……だあ、もう分かったよ!!　聞いてやるよ!!

「……あ、彩花。明日って何か予定、あったりするか……？」

「……何もないよ？」

その間が気になるんですけど……念のため、俺はもう一度問いかける。

「本当に大丈夫なんだな？」

「うん、大丈夫」

「そっか……ならさ。今日は俺の家……泊まってけよ？」

我ながら何とも下手くそな誘い方だ。でも彩花はこの言葉を待っていたんだろう。特に気にする素振りも見せず、ちょっとだけ首を傾けて俺に聞いてきた。

「……いいの？」

「ああ。でも視聴者にはもちろん……ロビン達にも内緒にしてくれよな？」

このことがバレたら、変な誤解を生むかもしれないし……いや、確実に生むな。そしてどれだけ弁明しようとも、信じてくれない人は信じないだろうから……絶対にこのお泊まりのことは、誰にも知られてはいけないのだ。

そのことは重々理解しているのだろう。彩花はゆっくりと頷いて。

「うん。分かった。二人だけの秘密ってことだね？」

「……ああ。そうしてくれ」

「………………」

「えっ、どうした？」

突如、彩花が泣きそうな表情になっていることに俺は気づいた。また俺が変なことでも言ってしまったのかと焦っていると……彩花の方から口を開いてくれて。

「……あのね。私、とっても最悪なこと思っちゃった。類のグラス割って良かったたって、一瞬でも思っちゃった自分がいたの。ホントに……最低だよね？」

「……」

……ははっ。ああ、何だ、そんなことかよ。安心した。俺は彩花に近づいて、正面に座った。そして軽く彩花の額を小突いてやって。

「わっ……？」

「……バカ。そういうのは『怪我の功名』って言うんだよ。全部ラッキーって思わなきゃ。それに……お前がグラス割ってくれたお陰で、俺だってこんな格好の……彩花を見れたしな？」

冗談交じりにそう言った。思い返せば、俺だって彩花の配信にしぶしぶ出演してたけど……今じゃスカウトされて、ライバーの活動がめちゃくちゃ楽しいと思ってる自分がいるんだもんな。これもきっと怪我の功名ってやつだ。

そしてそれを聞いた彩花は、徐々に笑顔を取り戻してくれて。

「……ふふっ。ははっ、あははっ！　………類のえっち」

「なっ……⁉」

急に梯子を外された俺は、途端に恥ずかしくなってしまう……そんな俺を見て、彩花は更に笑ってくれて。

「えへへっ……でも。類のそういうとこ、ホントに優しいよね。ありがと」

「あ、ああ……」

ま、まぁ……元気づけられたのなら良かった……のか？　そして彩花は一歩前進して……着てるシャツの胸元を引っ張りながら。

「……んふふっ。じゃ、そんな類のために……ここのボタン、もう一つ開けてあげよっか？」

「だ、だからぁ！　そういうことするなって言ってるだろ⁉」


「それで……寝る場所はどうしようか？」

そして俺は寝床を決めようと、すぐ隣の寝室へと視線を移す。当然俺のベッドは一人用なので、二人並んで寝るのはかなり厳しいと思うんだけど……。

「……」

……どうも彩花は何かを期待してるみたいだった。いやいや、二人は流石に狭いって。それにお互いがくっついて寝るのは……もう完全に言い逃れが出来ないんだってば。まぁ……冷静に考えるのなら、二人離れて寝るのがベストなんだろうけどさ。

「うん……じゃあ彩花は俺のベッド使ってくれ。俺は床で寝るからさ」

　俺がそう提案すると、彩花は強く反論してきて。

「えっ、そんなのダメだよ！　類が使って！　私が床で寝るから！」

「いやいや、客人を床で寝させるわけにはいかないだろ？　だからここは大人しく、俺に譲らせてくれって」

「嫌だよ！　私、こんなに類に迷惑かけちゃってるんだから！　だからせめてベッドは類が使ってよ！」

「いや、そう言われてもなぁ……」

　いくら彩花に誘導されたとはいえ、俺の方から家に泊まる提案をしたんだ。だから俺がふかふかのベッドで寝て、彩花を硬い床で寝させるなんて……そんな無礼なことは出来ないよ。でもこのままじゃ、彩花は一歩も引いてくれなさそうだしなぁ……。

　そんな困った顔の俺を見た彩花は……もの凄い棒読みで。

「んー、あーそうだー！　じゃあ二人で寝ようよー！」

「……」

　……まさか、そっちからそんな提案してくるとはな。もしかして狙っていたのか？　まぁ何にせよ……「ああ、いいぞ！　一緒に寝よう！」なんて言葉、俺から言えるはずがないんだよなぁ……。

「あのなぁ……お前、何言ってるか分かってるのか？」

「えっ？　分かってるよ。それに……ほら！　私達、一緒に寝たことあったでしょ？　だから全然大丈夫だよ！」

「……」

信頼してくれるのは嬉しいけど、何て言ったらいいのか……それに一緒に寝たことあったって……いつの話だよ？　そんなこと、あるわけが………。

「………あ。もしかして。それって保育園のお昼寝の時間のことか？」

——突如、頭の奥底に眠っていた記憶が呼び起こされた。ああそうだ、確か俺が彩花と同じ保育園に通っていた頃、お昼寝の時間に彩花が俺の所までやって来て……それで一緒に寝たことがあったんだ。誰からも見えないように、お互いに抱き合って。

もちろん当時は性欲も何も無かったから、ただ純粋にぬくもりを感じていただけなんだろうけど……その温かさは、不思議と何か心地良かったのを覚えていた。

それから俺らは小学生中学生と成長したが、その話題は一切出てこなかったから、てっきり彩花は忘れたものかと思っていたし、何なら俺もさっきまで忘れていたんだけど……そのまま俺は彩花に視線を向ける。そしたら彼女はポツリと。

「……ウソ、覚えてたんだ」

彩花は恥や喜びや驚愕が入り混じった、よく分からない表情をしていたんだ。まさか言い当てられるとは思っていなかったのだろう……ま、流石に何十年も前の話だから、意図とかは聞いてやらないでおくけどさ。

「……はぁー。とにかく。あの頃と違って俺らは成長してるから、二人でベッドで寝るとなると絶対に狭いぞ？　分かってるのか？」

「狭いのが嫌なら、私が床で寝るから！」

「いや、だから……俺が床で寝るって言ってるだろ？　何なら床で寝ることだって、日常的にやってるから、本当にお前は何も気にしなくていいんだぞ？」

「じゃあ私も床で一緒に寝る！」

「それはもう訳分かんなくなってるって！」

ツッコミを入れた俺は頭を抱える……はぁ。彩花はどうしても譲らないつもりらしい。一度こうやると決めた彩花は、てこでも動かないのを俺は知っているから……ここは俺の方から折れてやるしかないみたいだ。

「はぁ……あー、分かったよ。お前がそこまで言うなら、一緒に寝てもいい……でも！　そういうアレなことは絶対無しだからな!!　分かったか!?」

しぶしぶ承諾した俺は、そう強く彩花に釘を刺しておいた。聞いた彩花は笑いながら。

「分かってるよ。それにこういうことって、普通私から言うものじゃない？」

「いや、まぁそうだけどさ……」

もちろん俺だって性欲が一切無いわけじゃない。何ならある方に分類されると思う。ただ……もしも彩花とそういった一線を越えてしまったら、絶対に関係がおかしくなってしまうのが目に見えているから、ここまで強く言っているわけで。それは彩花も分かってくれているとは思うんだけど…………多分。

そんな俺の心情を理解してるのかしてないのか、彩花はまた微笑んで。

「ふふっ、よし！　じゃあ類のベッドが二人に耐えられるか検証しておこっか！」

「いや検証せずとも、二人くらいなら大丈夫だと思うけど……」

「えっ、なんで分かるの？　あ、もしかして……！」

「……耐荷重を前に見たんだよ。変な勘違いはやめろ」

彩花は絶対、俺が人を呼んだことないって知った上で聞いてるよなぁ……何かからかわれてばかりなのも癪だし、俺もからかってやろうかな……。

「ふふ、そっか！　ちなみに何キロまでいいの？」

「確か一五〇キロまで大丈夫だったはずだ。俺が六〇キロくらいだから……お前が一〇〇キロなければ大丈夫だぞ」

そう言って俺は、彩花の身体を上から下までジロジロと眺めていった。そしてそのまま顎に手を当てて……。

「……やっぱやめとくか」

「なっ、そんなにあるわけないでしょ！　バカぁ！」

「だガッ……!?」

彩花から背中を強く叩かれた。痛い。こんなのあんまりだ。

そして俺らは寝室まで移動して、俺はベッドの上に横になった。ああ、彩花が使うのなら、ここもちゃんと掃除しとくべきだったな……と、落ちてる髪の毛を拾い上げながら俺は思う。

「ふふ、じゃあ私も！」

ここで彩花もベッドに乗ってきた。ミシッとベッドの軋む音がして、彩花と身体が触れ合うが……そのくらいでは俺は動揺しない。何故なら俺は、素数を数えて心を落ち着かせるという方法を思い出したからな……。

「……あっ。顔近いね？」

「……ッ!?」

隣を見ると、今まで見たことないほど至近距離の彩花の顔面があった。あっ、えっ、こうして見るとコイツ、普通に可愛いくね……？　……いや、おちおちおち落ち着け俺！　2、3、5、7、9……いや9じゃねぇ……!!

「やっぱり類って凄い色白だなー。羨ましい。あんまり外に出ないからかな？」

そして彩花は俺の頬に手を当ててきた。女性らしいその細い手が、とってもくすぐったくて……何か……もう……限界だった。

「……だ、だぁあああ！　もうっ!!」

叫びながら俺は起き上がる。そしてベッドから飛び降りて、その場から離れていった。

「あ、類、どこ行くの？」

「お、俺もシャワー浴びてくる！」

そう言って、俺は一度も振り返らずに脱衣所へと向かうのであった。

「……はぁ……はぁ……これ明日まで持つのかよ、俺の精神は……!?」

……それから俺はシャワーを浴びて、いつもの寝巻きスタイルへと変身した。一人でいる時はそこまで気にしていなかったが、ダボダボな紺色の服と穴の空いたズボンは誰かに見られるとなると、ちょっと恥ずかしくなるな。

「……まあ、彩花の方が何倍も恥ずかしい格好してるか……」

そう呟きながらタオルを手に取り、頭を拭いて脱衣所を出る。そのまま寝室に向かうと、そこには……。

「……え、ええ……？」

ベッドで仰向けになったまま、目を閉じている彩花の姿があったんだ。彼女は無防備にも何も羽織らず、大きく足を広げていた。

「おい彩花……寝てるのか？」

「……」

彩花の反応はない。更に近づいてみると、さっきまで留まっていたシャツのボタンが、ひとつ開いていることに気がついた。もっと近づけば、その彩花の（控えめな）谷間でも拝めるかもしれないが……。

「…………」

……絶対にこれは罠だ。だってさっきまであんなにはしゃいでた彩花が、こんな短時間で眠るとは思えないし。それに寝息がわざとらし過ぎるもん……ほら、もう「すぴーすぴー」言ってる。こんなはっきり言葉にして言うの、アニメキャラくらいしかいないよ。

うん、ここから考えるに……俺が少しでも変な行動をしたら、その瞬間に彩花は目を開けて捕まえて、ひたすら俺をからかうつもりだったのだろう……だが、名探偵ルイの前では寝たふりは通用しないのだ。残念だったな。

「……ふー」

ここで俺は冷静に、横にあった毛布を彩花に掛けてやって……ポツリと呟いた。

「あー。彩花は寝ちゃってるみたいだし。仕方ないから床で寝ようかな」

「……えっ！　それはダメだよ！」

「やっぱ起きてんじゃねぇか」

俺のツッコミで彩花は身体を起こす。そして俺と目が合って……「はっ、しまった！」みたいな表情をしたまま、手で口を塞いだのだった。

「はぁ……なんで寝たふりなんかしてたんだよ？」

「えっと……類がどんな行動するかなーって思ってね？」

「……さっきも言っただろ。そんなことはしないって」

まぁ……口ではこんなこと言ってるが、彩花が起きていると知っていたから、こんな紳士的な行動を取ったわけで。もしも彩花が本当に寝ていると知っていたら、俺はどんな行動を取っていたか……分からないんだけどね？

それで彩花はちょっと申し訳なさそうに、顔を俯かせたまま。

「そっか……ごめんね？　試すようなことしちゃって」

「……別にいいけど。でも絶対、俺以外の奴にそんなことすんなよ？」

そしたら彩花は食い気味に反応してきて。

「分かってる。類だからやったんだよ？」

「……」

うん……前も言ったと思うけど、彩花は俺のことを信頼し過ぎてるというか、何と言うか……少し心配になるよ。それとも俺が変に意識してしまっているだけなのか？

「ふふっ……じゃあ。ちょっと早いけどもう寝よっか、類」

そして彩花はそんな提案をしてきたんだ。彩花の言う通り、寝るには少々早い時間だけど……このまま起きてても変に緊張してしまうだけだし。俺が俺でいるうちに、早いとこ意識を失うのが最善なのかもしれないな。

「ああ……そうだな。寝るか」

彩花の提案を受け入れた俺はそう言って、ベッドに腰掛けた。そこでちゃんと俺の服装を見たらしく、彩花は俺の袖を優しく引っ張ってきて。

「何だかこうして見ると類の格好、新鮮でカワイイね？」

「あんま見んな……それよりお前の格好の方がヤバいからな？」

「えっ？　あ、あはは……」

俺の言葉に彩花は笑って頭を掻く。どうやら照れという概念はまだ残っているらしい……安心した。

「……つーか今ならまだ間に合うから、下穿かないか？　恥ずかしいどうこうの前に寒いだろ？」

「大丈夫だよ。部屋暖かいし。それに……こんな格好二度と出来ないだろうから、存分に楽しみたくて……ね？」

「あ、そう……じゃあもう好きにしたらいいんじゃないすか……」

半分呆れたまま俺は横になって……電気のリモコンを手に取った。

「じゃ、電気消すぞ？」

「うん！」

そして彩花も横になったことを確認した俺は、ボタンを押して部屋を暗くした。彩花の姿もぼんやりと見えなくなるが、隣にいる彼女の温もりは確かに感じていた。

「……」

……ふと、俺は思う。横になってこっち向きで寝てるってことは、彩花と顔を合わせているってことだよな……そんなのムリムリムリ、意識し過ぎて寝れないよ。

そう思った俺は彩花に背中を向けるように寝返って、落ちるギリギリまで彩花と距離を離した。

「あー類、毛布引っ張らないでよ！」

「……」

「それに、そんな離れると落っこちちゃうよ？」

「……」

「……ま、類が寝やすい体勢でいいけどさー」

「……」

「もー類。何か言ってよー？」

「……寝るんじゃなかったのか？」

俺の言葉に彩花は「えへへっ」っと笑って。

「布団に入ってからが本番でしょ？　こうやってくらーい部屋で、二人で天井見上げて……そこで顔も動かさず、声だけでお話しするのが一番楽しいじゃん？」

「修学旅行かよ」

「類は好きな人いる？」

「だから修学旅行かって……」

「……私はいるよ？」

「…………はっ？」

予想もしなかった彩花の言葉に、一瞬時が止まる…………えっ、だ、誰だ？

「…………」

その言葉が……言えなかった。喉元まで出かかったが……出なかった。怖くて。何がってそれは……俺以外の名前が出てくることが、だ。

「…………」

…………な、何だよ。どうして俺は焦ってるんだよ？　彩花は俺の大切な幼馴染じゃないか。そんな彼女に好きな人がいるのなら、応援してやるのが当然じゃないのか？　頑張れって言ってやるのが、本当の友達なんじゃないのか……？

……なのに。それなのに……どうして、こんなにも俺の呼吸は苦しくなっているんだよっ

……!?

「……」

……彩花は何も言わない。待っている。返答を待っている。俺が聞かなきゃ、何も喋ってくれない……いけ。勇気を出せ。動揺してるって悟られないように、平常心で聞いてみるんだ

……声を出すんだ……類!!

「……それって……誰だよ？」

「類だよ？」

「なっ――!?」

きっ、聞き間違えじゃ……ないよな？　確かに彩花は俺の名を言った……つまり、彩花は俺のことが好きって――

「……あと、それとー。カレンちゃんでしょ、いぶっきーでしょ、もちちゃんでしょー。リリィちゃんに来夢ちゃん……あ、ロビンくんも！」

「……え？」

「これが私の好きな人かな！」

「……」

……俺は。……頭が真っ白になった。な、何だ……上手く思考が出来ない……今の気持

ちを例えるのなら……そう。丁寧に積み上げた積み木を、目の前で思いっきりぶっ壊された時のような……そんな感情だ。

　い、いや……確かに彩花は『好きな人』とは言ったけどさ……！　この流れは流石に『Ｌｏｖｅ』の方の好きだと思ってしまうじゃないか……!?　勘違いしたけど、俺悪くないよな……!?

「あ、ああ……なんだ。俺、てっきり……」

「てっきり？」

「…………何でもない」

　ともかく……早とちりしてしまったのは間違いないらしい。クソぉ……思わせぶりなこと言いやがってぇ…………だけど。どこか落ち着きを取り戻した自分がいたのも確かだったんだ。だってこの理論で言えば、彩花は友人として好きな人しかいないってことじゃないか……？　それは逆に喜ぶことなんじゃないのか……!?

「そっか。類は？」

　そして彩花は俺にも聞いてきた。彩花の言う『好きな人』が『友人として好きな人』だったら、俺も簡単に答えられるわけで……。

「ああ、俺も……みんな好きだよ。確かに癖が強い人は多いけど、関わってくれた人はみんなとっても優しくて。ＶＴｕｂｅｒだけじゃなくて、マネージャーやスタッフ、塩沢さんも合わせて感謝してるんだ。俺はこの世界に来れて本当に……良かったよ」

俺は自然とそうやって口にしていた。このＶＴｕｂｅｒになってから過ごした一ヶ月は、贔屓目に見なくても人生で一番大変で……そして人生で一番楽しかった時間だったからだ。そう思えたのはきっとＶＴｕｂｅｒのみんなと仲良くなれたから、スタッフさんの協力があったから……そして視聴者からの声援があったからだろう。

まぁもちろん……目の前にいるコイツの存在が一番大きいんだけどな。

「ふふっ、そっか！　私、類の言葉が聞けて良かったよ！」

彩花は笑ってそう言った……そのまま彼女は小さな声に変わってって。

「……何回でも言うけどさ。私、類がこの世界に来てくれて本当に嬉しかった。幸せだって、心から思ったんだ」

「そんな大げさな……」

「ううん。大げさなんかじゃないよ」

「……」

真面目なトーンで否定されて、俺は何も言えなくなってしまう……そこから沈黙が何十秒か続いて。次に口を開いたのは、また彩花だったんだ。

「………あのね、類。私さ。今日、嘘ついちゃったんだ」

「……嘘？　それって……ＶＴｕｂｅｒになったきっかけの話か？」

心当たりがあった俺は、そうやって彩花に聞いてみた。そしたら彩花はちょっとだけ呆れたように笑いながら。

「……ははっ、あーあ。ホント類は変なところだけ鋭いんだから」

と。そして時間を掛けて、彩花はそのことを認めたんだ。

「…………そうだよ。私がＶＴｕｂｅｒに応募した理由はちゃんとあったの」

「そうだったのか」

「……」

「……」

「……えっ、聞かないの？」

「隠すくらい言いたくないことなら、無理には聞かねぇよ」

「でも、さっき好きな人のことは聞いてきたのに……」

「……」

……うるさい。何なら好きな人のことは聞いてくるの待ってただろ。俺をハメる気満々だっただろ。

……それで彩花も思うところはあったのか、それ以上の追及はしてこなくて。

「……まぁ。類には聞いてほしいから、言わせてよ」

「分かったよ……理由は何だ？」

「寂しかったからだよ」

「……えっ？」

予想外の答えに俺は一瞬固まってしまう。えっ、寂しかったって……。

「どういうことだよ？　別にお前、友達いないわけじゃないだろ？」

「まぁ……全くいないとは言わないけど。何でも話せる親友のような人はいなくてね？」

そんなの俺もいないって。

「いやいや、親友なんていない人の方が多数だろ？　それにお前……中学の頃イケイケのグループに所属してたじゃないか」

俺の発言に彩花はクスッと笑って。

「いつの話をしてるの、類は。しかも中学の時のグループなんて、全然仲良くなんかなかったし」

「えっ、いつも群れてたのにか？」

「女の子には色々あるんだよ」

「……」

ああ……そうだったのか。今になって、女子グループの闇を知るとは……そして彩花はちょっとだけ物憂げに。

「……そんなわけで、唯一私が心を許せるのが幼馴染の類だったんだけどさ。いつからだったかなー。類はどんどん私と距離を置くようになってさ。学校で話しかけても、すぐどっか行くし。高校は全然聞いたことない遠い所に行っちゃうし。私に何も言わず、実家からも出ちゃってるしさ」

「…………そ、それは……」

痛いところを突かれて、俺は何も言えなくなってしまう……そんな俺を見かねたのか、彩花は優しげな声に変わって。

「……ま、別に責めたりしないよ。全部類が決めたことだし、いつまでも過去に縋って、類のことを思ってた私が悪いんだ」

「彩花……」

「……でもね。そんなこと絶対にないのに。類は私のこと嫌いになったんじゃないかなって、当時は思っちゃったんだ」

「……」

「だから類に会えなかった。なかなか電話も出来なかった。たまにメッセージ送るのが精いっぱいだった。それでも、類から返事が返って来ないことも結構あったしさ」

「……ご、ごめん……」

思わず俺は謝っていた。確かにあの時の俺の行動は、そう勘違いされてもおかしくないものばかりだった。ああ、俺は本当に酷いことしちゃってたんだな……。

「……でね、そんな時にさ。ＶＴｕｂｅｒのオーディションの話を知ってね。当時はＶＴｕｂｅｒって概念が発展してる真っ只中で、私も存在は知ってて。もしも自分がＶＴｕｂｅｒになったら、何かが変わるんじゃないかって。親友が見つかるんじゃないか、寂しくなくなるんじゃないかって思って、応募してみたんだ」

「……」

「我ながらとってもヒドイ動機だと思うよ。でもなんでかね、オーディションは順調に進んじゃって……ＶＴｕｂｅｒになれちゃったんだ。そして世界はこんな私を受け入れてくれて、ちょっとだけだけど人気も出ちゃって。いぶっきーやカレンちゃんみたいな親友も出来たんだ。とっても楽しかったし、今も凄く楽しいよ。だけどね………類のことは忘れられなかった。類の代わりなんかいないんだって、思い知ったの」

「……」

「そんなある日ね、思いついたの。企画として、類を家に呼んで放送しようって」

「……なんでだよ？」

「ＶＴｕｂｅｒになったことを類に知らせたい、類のゲームの腕を視聴者のみんなに知ってもらいたい、マンネリ気味だった放送を盛り上げたい……色々あるけど、とにかく類と会うきっかけが欲しかったの。だから私は勇気を出して、類を家に呼んだんだ」

「……そうだったのか」

俺は彩花から遊びに誘われたことを軽く考えてたし、彩花の様子も特におかしいところは見当たらなかったから、何とも思っていなかったけど……そんなに心の中では葛藤していたんだな。ああ、俺の鈍感が憎すぎるよ……何で早く気づいてやれなかったんだ。

俺は後悔で唇を噛みしめる。でも、彩花のトーンはどんどん明るくなってきて。

「……でもね。家に来てくれた類を見て、私はすぐに安心したんだ。だって類は全然変わってなかったんだもん。『ああ、全部私の勘違いだった』って思って。そして放送が終わった後に類が『久しぶりに遊べて楽しかった』って言ってくれて。その時私、本っっ当に嬉しかったんだ！」

「…………！」

彩花の言葉に、思わず俺は泣きそうになってしまう。だけど泣いちゃ駄目だ……だって……ずっと泣きたかったのは、彩花の方なんだから……！

「そっか……ごめんな。勘違いさせて。避けてばかりで。あの時は……お前と一緒にいることをからかわれて、恥ずかしかっただけなんだ。だから…………お前のこと嫌いだとか、そんなの思ったこと一度もねぇよ」

「あっ、わっ……！」

言葉だけじゃ全て伝わらないと思った俺は、ここで彩花の手をギュッと握ったんだ。俺の行動に彩花はちょっと驚いたみたいだけど……。

「……嬉しい。良かった。本当に良かった……！」

すぐに受け入れてくれて。彩花はその手を自分の胸へと抱き寄せてくれたんだ。俺はその触れてる胸の柔らかさより……彩花の心臓の鼓動の方に意識を取られた。さっきまであんなにも俺をからかってた彩花が……こんなにもドキドキしてる。俺を意識しているんだ。

「…………あっ、あのね、類。さっきはごめん……今度は誤魔化さずに言うから。ちゃんと聞いてほしいの」

「……」

一瞬「何が？」と聞こうとしたが、やめておいた。だって彩花の声がとっても震えていたから。次に何を言うか、察したからだ。

「……ああ」

「……」

そして長い長い時間を掛けて……彩花はこう伝えてきたのだった。

「私、ずっと前から類が好きだよ。もちろん異性として、だよ」

シンプルだけど、そのまっすぐな言葉はちゃんと俺に伝わった。そうだ……本当は俺だって気づいていたんだ。彩花が俺に対して好意を向けていたことに。そして俺自身も彩花が好きだということに。

……でも。気づかないフリをした。見えないフリをしたんだ。関係が変わってしまうことに怯えて。このままの関係が一番丁度いいって、自分に言い聞かせて。

「……」

……だけど彩花は今、勇気を出して言ってくれた。だから俺も返事をしなきゃ……真剣に向き合わなきゃいけないんだ。

「…………ああ。ありがとう、彩花」

「……！」

握る手が次第に強くなる。言わなきゃ……俺も彩花のことが好きだって。ちゃんと伝えなきゃ……！

「…………俺もっ、彩花のことが――――」

『ピポパピポポポン』

「……ッ!?」「……!?」

突然の音に心臓が飛び出そうになる。何の音が鳴ったか、俺はしばらく理解出来ずにいた……それが電話の着信音だと気づいた時には、俺らはちょっと冷静になっていて……繋いでいた手も離れていた。

「なっ……で、電話…………？」

「わっ、私のじゃないよ？　だって着信音が違うから……」

ってことは……俺のスマホが鳴ってるってこと？　そのまま音の鳴る方にゆっくり視線を向けると……机の上でスマホが光っていたのが見えた。確かにそれは、俺のスマホに間違いなくて……。

「……」

……おい。おいおい類よ……なんでこういう時に限って、おやすみモードにしてねぇんだお前はぁ……！　バカぁ！　俺の大バカぁ!!

だが後悔しても時は戻るわけもなく、無慈悲にコールは鳴り続ける……そして彩花はちょっと気まずそうに。

「………あ、出ていいよ？」

「い、いや……そういうわけには……」

だがこれを無視したからと言っても、さっきの雰囲気に戻れるとは思えないし……どうしよう。ガン無視するか、無理やり電源切るか、ぶん投げるか……。

「……いいから出なよ。こんな時間に掛けるってことは、大事な連絡かもよ？」

「………ああ。そうだな。ごめん」

彩花の正論に何も反論が出来なかった俺は、彩花に詫びを入れて……素直に机に置いてあったスマホを手に取った。そして画面を見ると……そこには『根元マネージャー』の文字が表示されていた。

「……ネモさん？」

ネモさんとは定期的に仕事の連絡を取り合っていたが、こんな時間に掛けてくるのは初めてのことだった。まさか何かトラブルでもあったのか……？　俺は少し不安になったまま応答した。

「……もしもし？」

そしたらいつも通りのネモさんの声が聞こえてきて。

『あ、夜分遅くにすみませんルイ君。今大丈夫ですか？』

「あ、はい……大丈夫ですけど……」

『本当ですか？　声に覇気がありませんけど……ちなみにさっきまで何かしてました？』

……彩花(あやか)と一緒に寝てました、なんて死んでも言えるわけがないんだよなぁ。

「…………トレーニングです」

『ああ、もしかして筋トレ的なことですか？』

「……はい、そうです」

どうやら上手(うま)いこと解釈してくれたみたいだ。まぁ間違ってはないだろうけど……それでネモさんは、ここでひとつ咳払(せきばら)いをして……この雰囲気を一変させるくらい元気な声で、意気揚々と言葉を発したのだった。

『まぁ、前置きはこのくらいにしておいてですね。改めまして……ルイ君！　チャンネル登録者数十万人突破、おめでとうございます！』

「……………えっ。えっ？」

予想外過ぎる発言にどんな反応をしたらいいか分からなくて、俺は困惑してしまう……そしたらネモさんは不思議そうに。

『あれ？　ルイ君、もしかして気づいてなかったんですか？』

「えっ、いや、ちょっと調べてみます………うわ、マジだ⁉」

通話を繋いだまま俺は『ルイ・アスティカ』のチャンネル画面まで飛んでみる……そこには。確かに『チャンネル登録者数10・0万人』の表示があったんだ。

いや、嘘だろ……⁉　流石に早すぎないか……⁉　だって俺がデビューして、まだ一ヶ月ちょっとしか経ってねぇんだぞ……⁉

『もー、しっかりしてくださいよ、ルイ君。ルイ民の方もつぶやいたーでたくさんお祝いしてくれてますよ？』

「え、そうなんすか……⁉　……後でお礼言っておきます」

『はい、ぜひそうしてください……あとルイ君。ずっと言いたかったんですけど、収益化の申請もしておいてくださいね？　もうとっくに出来るはずでしょうから』

収益化？　……ああ、それってもしかして。

「スパチャとかのことですか？」

『はい、それも含まれます。他にも広告収入とかもありますね。収益化をすれば、ルイ君のお給料だって増えますし……ルイ君にお金投げたいって人も多くいますから、良いこと尽くめなんですよ？』

「ええっ……？　そんな人いるんすか……？」

『もちろんですよ。自覚ないかもしれませんが、ルイ君はもう人気ＶＴｕｂｅｒの一員なんですよ？　だからこんなペースで十万人も突破したんです』

そっか……いや、別に配信見てくれるだけで俺は嬉しいんだけどね？　まぁお金は貰えるに越したことはないけども……。

『……では。伝えたいことは伝えたので、この辺りで切らせていただきますね。これからも活動、頑張ってくださいね？』

「あっ、はい、ありがとうございます、ネモさん」

『はい。失礼しますね』

そうして通話は切れた……そのまま彩花に視線を向けると、彩花はずっと俺の方を見てたらしく、バッチリと目が合うのだった。

「…………聞いてた？」

俺の言葉に彩花は頷いて。

「うん。もう十万人いったんだね。凄いよ。こんなペースは中々見ないもん」

「そうなのか。でも、これはみんなのお陰だよ。コラボや番組の力が大きいだろうし……」

「ううん、類の力も絶対にある。周りだけの力じゃ、こんなにすぐ十万人はいかないよ。そのことは私が一番知ってる。類は自信持っていいんだよ」

「そっか……ありがとう」

「お礼なんかいいよ。類はコメントを拾うのがとっても上手だし、ゲームセンスもあるし、トークで配信を盛り上げる力だってある。類は人気になるべくしてなったんだよ」

彩花はそうやって言い切った……ああ、そうだな。彩花は配信者として、伸びるための努力は欠かさないヤツだ。そんな彩花がそう言ってくれるのなら……それを素直に受け止めるのも大事かもしれない。過度な謙遜も必要ないのかもしれないな。

「……ああ、そうなのかもな」

「うん。そうだよ」

「……」

「……」

「……あ、そうだ。十万人って。アレ貰えるんじゃないか？」

「アレって……銀の盾のこと？」

「あー……そうそう。そんなやつ。あれカッコいいから、家に欲しいんだけど……」

「ああ……盾はみんな事務所に飾ってるみたいだよ？」

「え、そうなの……？　残念だな……」

「……運営さんに言ってみたら？　特例でくれるかもよ？」

「いや……そこまでするほど、欲しいわけじゃないんだけど……」

「……」

「……」

「………ふふっ」

「…………ははっ」

「あははっ！」「えへへっ！」

　ここで俺らは顔を見合わせて、大いに笑いあった。この瞬間、お互いに緊張の糸が切れたみたいで……本当に幼い頃に戻ったみたいで。無邪気に笑いあったのが、凄く楽しくて。何だか……とっても心地良かったんだ。

　そして俺はまた、ベッドに飛び乗って……彩花の隣に寝っ転がった。

「あー……！　あははっ、何だかサイコーな気分だ……！」

「ふふっ、やっぱり私の幼馴染は凄いよ！　私も鼻が高いもん！」

「いやいや、それほどでも………………あるかー！」

「…………あるのかー？」

「いや、お前から言ってきたんだろ？」

「……」「……」

「「あははっ！」」

俺らはまた笑いあった。こんな馬鹿みたいなやり取りが……本当に楽しかった。クサイ台詞だけど、こんな時間が一生続けばいいなって、俺は本気でそう思ってしまったんだ。

「……ねっ。類、もう一回」

「えっ？」

「電話に遮られちゃったからさ、もう一回ちゃんと言って？」

「……何をだ？」

「………」

そしたら彩花は無言で、俺の二の腕を強く摘んできた。

「だぁ！　痛い痛い痛い！　分かってる！　分かってるってば!!」

「……じゃあそんな意地悪しないで？」

そう言って彩花は、摘んでいた手をパッと離してきた……はぁー。やっぱり俺の可愛い幼馴染にゃ敵いませんな……。

「……ああ。……好きだぞ、彩花」

「んふふっ、えへへっ……！」

……それから俺らは目も覚めちゃって。夜食にカップ麺を啜りながら、二人で俺の十万人記念配信の内容について考えていた。

そこで凸待ちや歌枠など様々な案は出たが、これといったものは決まらず……そのまま俺らは疲れ果て、いつの間にか眠ってしまったんだ。記憶もあやふやだから、結局同じベッドで寝たのかすら覚えていない。

そんな感じだから、変なことはしてないと思うよ……多分。多分な？

「…………ん。んん……」

そして次の日。俺は小鳥の鳴き声で目を覚ました……ごめん、嘘。「これが朝チュンってヤツか……」って言ってみたかっただけなんだ。いや、実際には言ってないんだけど……って。

「……あれ？」

ここで俺は、隣に彩花がいないことに気がついた。でもベッドのシーツには跡が残ってるから、隣にいたのは間違いないだろうけど……じゃあもう起きてるのか……？　そう思った俺は身体を起こして、彩花の捜索へと向かった。

「おーい、彩花………ん？」

ここで俺は、何かキッチンから音がしているのに気がついた。歩いて向かってみると……そここには。

「……あっ、おはよー！　類！」

相変わらず彼シャツ姿の彩花が、菜箸片手に台所に立っていたんだ。そして彩花の正面には、火の付いたコンロにフライパンが置かれていて……俺は若干困惑しつつ、挨拶を返す。

「ああ、おはよう……何してるんだ？」

「何って、見れば分かるでしょ？　朝ごはん作ってるんだよ！」

「えっ……どうしてそんなことを？」

「だって類、前にお弁当食べたいって言ってたじゃん？　だから良い機会だし、作ってあげようかなーって思って！　……あ、勝手に冷蔵庫のモノとか使わせてもらってるけど良かった？」

「いやまぁ、全然いいけど……」

……賞味期限とか切れてなかったっけ。卵とか結構前に買ったやつだけど……まぁ焼けば大丈夫だろうか。

「ふふ、なら良かった！　じゃあ、もう少しで出来るから待っててね？」

そう言って彩花は、目の前のフライパンに視線を戻した。いや、このまま大人しく待つのもな……でも手伝えそうなこと無さそうだしなぁ……うん。とりあえずお礼を言っておこう。

「彩花」

「んー？」

「……ありがとな。飯作ってくれて」

すると彩花(あやか)はくるっと、また俺の方を向いて。

「ふふっ、いいんだよ！　私は類(るい)が喜ぶ顔が見たかっただけだからさ？」

と、天使の笑顔で言ってくれたんだ……………あ。やべぇ。好き。

「よーし、出来たよー？」

そして数分後……彩花(あやか)は小さなお弁当箱を持って、食卓にやって来た。確かその弁当箱は、セールか何かの時に買ったヤツだけど……あんま自炊しないから使う機会が無かったんだよな。だからこうやって使われてるのを見ると、ちょっと嬉(うれ)しくなる。

俺はひょいっと乗り出して、弁当箱の中を覗(のぞ)いてみた。そこには卵焼きやウインナー、唐揚げなど、俺の好きな食材ばかりが並んであった。言うなれば『理想のお弁当』そのものだった……まぁ全部俺の冷蔵庫の中にあった物だから、そうなるのも必然なんだけどな。

「おお、美味(うま)そう。手作りのお弁当なんて、久しぶりだな……！」

「類(るい)はお弁当とか作らないの？」

「まぁ、作りたいとは思ってるんだけどな……」

もちろん自炊した方が良いのは分かっているけど、忙しくて中々行動に移せないんだよな……ってか今気づいたけど、彩花の分の朝ごはん無くない？

「なぁ、彩花は朝ごはんどうするんだ？」

「私はいいよ。食べない日の方が多いし」

「いやいや、そういうわけにはいかないだろ。せっかく作ってくれたんだし……一緒に食べようぜ？」

そう言うと彩花はちょっと困ったような表情を見せたものの……俺がもうひと押しすると、彩花は納得してくれたみたいで。

「ん──……分かった！」

そう言って、頷いてくれた。聞いた俺は二人分の箸を用意して、手を合わせた。

「それじゃあ早速……いただきます！」

「いただきます！」

言って俺は箸を手に取り、卵焼きを口に入れた。咀嚼する間もなく、彩花の視線が俺に向けられ……そして彩花はちょっとだけ不安そうに聞いてきて。

「……味はどうかな、類？」

「うん。すごい美味いよ」

「……」

「……どうした、その『もう一声』みたいな顔は」

「えっ、そ、そんな顔してた？」

「してた」

……不安なのは分かるけども……いや、それとも「毎日お前の飯が食べたい」みたいな言葉を期待していたのか？　それは流石に恥ずかしくて言えないけど……まぁ遠回しでなら、何とか言ってやれるわけで。

「……ま。彩花が料理上手なのは知ってたし。きっと彩花は良いお嫁さんになるだろうよ」

「………それは」

「ん？」

「……それは『そういうこと』って捉えていいの？」

「えっ？　ま、まぁ……解釈は任せるよ」

「…………」

そしたら彩花は言葉を噛みしめるように目を閉じて、胸に手を当てるのだった……え、な、何……怖いんすけど、彩花さん？

「……え、えーっと。それでさ、彩花。昨日の話なんだが……ちゃんと決めなきゃいけないことが、ひとつあるんだけど」

「…………結婚式の日程？」

「いや、飛躍し過ぎだって！」

び、びっくりしたぁ……色々と段階すっ飛ばし過ぎなんだって！

「……まぁでも、当たらずも遠からずって感じなんだけどな。俺らの関係についてなんだが……まだ付き合うとか、そういったことはやめとこうな？」

俺がそう言うと、彩花の目のハイライトは一気に消え去って……。

「え………じゃあ、昨日の発言は全部嘘だってこと……？」

「いや、違う違う違う!! 落ち着けって彩花！ 大前提として、俺らはVTuberだろ？ それも企業に所属するVTuber……そんな俺らが付き合うことになりました、なんて公言したら大変なことになるだろ⁉」

「それは……まぁ……そうだね」

そのことは想像出来たのか、彩花はしぶしぶ頷く。目のハイライトもちょっと戻ったみたいだった。

「だからさ……少なくとも俺らがVTuberである間は、付き合うことは出来ないんだよ！……まぁ禁止されてるかは、正直運営に聞いてみなきゃ分からないけど。多分ストップが掛かると思う」

「……隠れて付き合うのは？」

「それも考えたけど……彩花が隠し通せるとも思えないんだよなぁ……」

「……で、出来るよ！ そのくらい！」

そうやって彩花は反論してくるが……難しいだろうなぁ。

「だって視聴者はおろか、他のVTuberやスタッフにも絶対にバレちゃいけないんだぞ？　職業上、俺らは常に生配信をしている……そんな中、迂闊な発言やチャットなんかをたった一度でも、一瞬でも表示させてしまったら、それがネットに一生残ってしまうんだぞ？」

「………………」

「それを踏まえて……本当に隠し通せると思うのか？」

彩花は考える素振りを見せる……そして出した結論は。

「……………それは、厳しいかも」

「だよな。俺だって無理だ。何せ、初回にヤバすぎる放送事故起こしたし。彩花よりヘマするかもしれないんだ」

「……」

聞いた彩花は悲しそうな顔をする……でももちろん俺だって、彩花と付き合いたくないわけじゃないんだ。

「だからさ……ルールを決めよう。俺らがまぁ……恋人というか、それっぽい関係になるのは二人きりの時だけ、そして完全に配信外の時だけだ。リスク回避のため、恋人っぽいメッセージや電話は原則禁止にしておこう。それで……どうかな？」

そう言うと、彩花は徐々に笑顔を取り戻していって……。

「うん……良いと思う」

「良かった。もちろんこのことは誰にも言わないで……匂わせとかも絶対厳禁な？　ファンって恋人関係の話になると、マジでＦＢＩ並の捜査力持つからさ」

「うん、分かった！」

最終的にいつもの彩花へと戻っていったんだ。

「ああ。だいぶ窮屈な関係になるけど……ごめんな、彩花？」

「ううん、大丈夫だよ。もう類が私のこと大好きだって知ったから！」

「……お、お前なぁ……」

「えっへへー？」

彩花はイタズラっぽく笑う。今じゃ、その顔を見るだけで俺もつられて笑顔になってしまうよ。

「まぁ、完全に会えないわけでもないんだし。今度、どっか遊びに行ったりしような？」

「うんっ！　楽しみにしてるよ！」

「ははっ……じゃあ彩花もお弁当食べようぜ。とっても美味しいからさ」

「へっへー。だって私が作ったんだもーん？」

そして俺らは笑い合って……一緒にお弁当を食べたのだった。この時間が、今までの人生で一番楽しい朝食の時間だったのは、間違いないだろう。

……そして朝食も食べ終わり。彩花も洗濯した服に着替えて……俺らは解散する流れになっていた。玄関先で靴を履いている彩花に向かって、俺は言う。

「彩花、忘れ物ないか？」

「うん、大丈夫と思う」

「そうか。じゃ、気をつけて帰れよ？」

「うん……ありがとね、類」

そう言いながらも、彩花の足は動かないままで……数秒後、彩花は振り返って無言のまま、俺の顔を見つめてきたんだ。

「どうした？」

「……いや、なんだか幸せだなって。帰りたくないなって思っちゃったんだ」

顔を赤くしたまま、小さな声で言う彩花が何だかおかしくて……ちょっと可愛くて。思わず俺は笑ってしまった。

「ははっ、そっか。別にもう一日くらいいてもいいんだけど……お前、用事あるだろ？」

「えっ？」

「昨日、俺の家泊まりたくて『何も予定ない』って嘘ついただろ？　今なら分かるよ……だってあの時、変な間があったからさ」

「……」

俺がそうやって言うと、彩花は大きなため息を吐きながら……。

「はぁ……あーあ。ほんっとどうでもいいとこだけ鋭いんだから、私の彼氏さんは」

と。続けて彩花は、ケロッと白状してきて。

「そうだよ。今日、テストの日なんだ」

「……え、ええっ⁉　お前やべぇだろそれ！　早く行けよ⁉」

その『予定』があまりに予想外過ぎて、俺の方が焦ってしまった……いや俺、よく分かんねえけど、テストって大事なヤツだよな⁉　進級に関わる重要な要素だよな⁉　なのにどうしてお前は、そんなのんびりしてんだよ……！

「うん、多分遅刻だけどね……行ってくるよ。じゃ、お邪魔しました」

そう言った彩花は、しぶしぶ一歩前に踏み出して、ドアのノブに手を掛ける。そしてドアを開けようとした……瞬間。俺も一歩前に踏み出して手を伸ばし、彩花の肩を摑んでいた。

「……えっ、類？」

「…………」

絶対に引き止めちゃ駄目だって分かってたのに。引き止めるつもりなんか全く無かったのに……無意識に身体が動いていた。自分が自分じゃないみたいで怖かった…………いや。きっと俺はまた、気づかないフリをしてたんだ。俺も『彩花が帰ってほしくない』って。『彩花がいないと寂しい』って、心の奥底では思っていたんだ。

「……どうしたの？」

「…………いや、飯作ってくれたお礼、ちゃんと言ってなかったなって思って」

「えっ？　ああ、いいよそんなの。またいつでも作ったげるから……」

「いや、言わせてくれ。本当にありがとな……彩花」

「えっ、わっ……!?」

そこで俺は軽く彩花を抱きしめて……頭を撫でてやった。お礼なんて建前だ。彩花に触れていたかった。ただ、温もりを感じていたかっただけなんだ。

「……」

それで彩花は驚いた様子は見せたものの、すぐに受け入れてくれたみたいで。俺の胸に体重を預け、背中に手を回した。そしてされるがまま……いや、彩花もノリノリで、俺の身体に頭をグリグリと押し付けるのであった。

「…………」

そんな時間が何十秒か続いた。最初のうちはそれが楽しくて、心地良くて、幸せな時間だったのだが……徐々に冷静さは取り戻してくるもので。なんでこんな玄関先で、しかも彩花を引き止めてしまっていることを思い出した俺は、正気に戻って……撫でていた手を止めてしまったんだ。

「……？」

それが不思議に思ったのか、彩花も顔を上げて……上目遣いで俺の方を見つめてきた。えっ、どっ、どうしよう……どうやって誤魔化せばいいんだ……⁉

「……え、えっと、あの、その……彩花、前に頭ナデナデされたいって言ってたの思い出したから……それで…………ごめん！」

途中からもう誤魔化せないと思った俺は観念して、素直に頭を下げて謝った。だけども彩花は全然怒ってる様子もなく……ただ「ふふっ」と笑って。

「……やっぱり類はモテないなぁ」

と、独り言のように呟くのだった。

「えっ？　それって……」

「でも、類にしては頑張ってくれた方かもね……そういう時はね。こうするんだよ」

「……？」

そう言った彩花は俺にグッと近づいてきて…………そっと唇を重ねてきた。

「…………ッ⁉」

「んっ…………」

「…………」

「…………ぱっ」

俺から唇を離した彩花は、過去一番のしたり顔を見せて……小悪魔のような微笑みを俺に見せてきた。

「……えへへっ。恋人ならこれくらい普通でしょ？」

「…………あ、あわッ……」

度肝を抜かれ、俺が何も言い出せないでいると……彩花は顔の近くで手を振って。

「ふふっ、それじゃあね、類！　また遊びに来るから！」

そう言って彩花はドアを開けて、俺の家から去って行った。呆然と立ち尽くした俺は、こう呟くのが精一杯だったんだ………。

「…………めっちゃ柔らかかったなぁ……………」

エピローグ

そんなこんなで俺がＶＴｕｂｅｒになってから、一ヶ月ほど経過した。未だに慣れないことも多いけど、活動はとっても楽しくて。新たなライバーと関わったり、記念配信や企画を立てたりもして、ファンもどんどん増えていったんだ。ありがたいね。

それで……彩花との関係はというと。今までと変わらないと言ったら嘘になるけど……でも別にイチャイチャばかりしてるかと言われたら、そういうわけでもなくて。お互いに決めたルールは守って、配信上やつぶやいたーではいつも通りの距離感で接していた。だからまだこの関係は誰にもバレてないと思うよ……多分ね。

そうして迎えた十二月。俺の家に遊びに来ていた彩花は、ベッドに寝っ転がりながら口にする。

「いやー、類から誘ってくるなんて、珍しいこともあるんだねー。雪でも降るのかな？」

「十二月だし、降るところは降るだろ……」

口にしながら、俺はスマホのスケジュール管理アプリを開く。今日は夜から雑談配信、次の日はスタジオでのボイス収録、その次はロビンとのホゲモン対戦コラボ……今週の予定はぎっちりと詰まっていた。

「何見てるの？」

「スケジュール。空いてる日探しててな……彩花って来週の日曜日とか暇だったりするか？」

そう聞くと彩花はベッドから起き上がって、疑問の表情を浮かべた。

「えっ、空いてると思うけど……どうして？」

「いやまぁ、ちゃんと決めてないんだけど……その日に、何人かライバー集めてゲーム大会でもやりたいなって思ってさ。まだ全然何も決まってないんだけど」

そう、今月俺はゲームの企画をやろうと考えていたのだ。もちろん新人の俺が大規模な大会とか開けるわけもないから、一日で終わるような小さな大会やって、思い出とか作りたいなって思ってて……まぁまだ何をするかも、誰を呼ぶかも、どんなゲームをするかも決めていないんだけどね。

それで彩花は、非常に驚いたような表情を見せて……。

「えっ……それって、私をコラボに誘ってるってこと……？」

「まぁそういうことだけど……って、なんでお前泣きそうになってんだ!?」

ここで俺は彩花の瞳が潤んでいることに気がついた。え、俺そんな変なこと言ったか……？

「そ、そんなに誘われるの嫌だったか？」

「そんなわけないじゃん！　類から遊びに誘われるのなんて、すっごい久しぶりのことで……私、とってもとっても嬉しいんだよ！」

彩花は感情を込めてそう言った……ああ。本当に彩花は、ずっと俺のことを待ってくれていたんだな。

「そっか……なぁ彩花。今まで疎遠だった分、これからはたくさん遊ぼうな？」

「……うんっ！」

俺の言葉に彩花は元気に頷いてくれた。

最初は何も分からず、ただ彩花の配信に出演しただけだったけど。そこからスカウトされて、新しい友達が出来て、趣味も、目標も見つかって。そして……彩花と向き合うきっかけを与えてくれて。本当に俺はVTuberになれて良かったよ。関わってくれた全ての人、そしてVTuberというコンテンツに感謝しなくちゃな。

「……よーし。じゃあまずはゲームの詳細を決めないとな……」

「あっ、じゃあさ、レイチームとルイチームに分かれて戦うのはどうかな？」

「なるほど。チーム戦ってことか。それは面白そうだな……」

「それで罰ゲームもあった方が面白いよね！　負けた方が勝った方の言う事を聞くとかあったら、絶対盛り上がると思わない？」

「え、ええ……お前本気かよ……？」

「本気だよ！　だって私達は……みんなを楽しませるのが仕事の『VTuber』なんだから！」

「……ははっ」

彩花（あやか）の言葉に笑いつつ、俺は頷（うなず）いた。まだ自信があるわけじゃないけど。俺らの配信を見て、少しでも元気になってくれる人がいたら、それはとっても嬉（うれ）しいことだ。見てくれる人がいるから、俺も配信活動を頑張れるのだ――。

「それでー、私が勝ったら、一日中類（るい）とデートしてもらおうかなー？」

「…………お前それ、マジで配信上で言うなよ？」

……永遠に気は抜けなそうだけど。

あとがき

僕の人生で衝撃を受けた出来事のひとつに〝とある配信者のゲーム配信〟を見た時、というのがあります。僕はその方のこともゲームもほとんど知らずに、なんとなく配信を見たのですが、そのトークの軽快さ、ゲームの展開の読めなさ、流れるコメントの面白さに衝撃を受け、数時間もの間、画面に張りついていました。そして配信の終わり際、彼の「また明日もやる」という発言に、僕はこれ以上ないほど幸せな気持ちになったのを、今でも鮮明に覚えています。

初めまして、道野(みちの)クローバーと申します。カクヨムから来てくださった方は、またお会い出来てとても嬉(うれ)しいです。本作は『第8回カクヨムWeb小説コンテスト』の特別賞を頂いた作品で、電撃文庫様から書籍化する運びとなりました。

中学時代に電撃文庫の格闘ゲームをやっていた自分が、まさかそこから本を出すことになるなんて、夢にも思っていませんでした。なんなら今も夢かドッキリか疑っています。『ドッキリ大成功』のプラカードを持った人が、僕の目の前に現れないことを願うばかりです。

（ちなみに僕の持ちキャラは、『ロウきゅーぶ！』の智花(ともか)ちゃんでした）

では、ここからは感謝の言葉を述べさせていただきます。

まずは電撃文庫編集部の皆様、校閲、デザイン、出版等、本作に関わってくれた全ての方、本当に感謝しております。

編集のT様。右も左も分からない自分に、丁寧に作業について教えていただきました。ご迷惑をお掛けしたことも多々ありましたが、本当に感謝しております。

イラストレーターのたぴおか様。大量のキャラクターに加え、多くの細かい指示を出してしまい、本当に大変な作業になったと思います。それにもかかわらず、とても素晴らしいイラストを描いてくれました。みんなめちゃくちゃ可愛くて最高です。本当に感謝しております。

読者の皆様。カクヨムに投稿している時から応援してくれた方はもちろん、本作を手に取って読んでくださった方。本当にありがとうございます。読んでくれる読者様がいるから、僕は頑張ることが出来ます。本当に感謝しております。

そしていつも楽しい時間を届けてくれる、ＶＴｕｂｅｒ、配信者の皆様。貴方達がいなかったら、この作品は誕生していなかったことと思います。本当に感謝しています。

では、そろそろこの辺りで。最後まで読んでくれて本当にありがとうございました。皆様にまた、お会い出来る日を楽しみにしております。それじゃ、おつルイ！

道野クローバー

◉道野クローバー著作リスト

「幼馴染のVTuber配信に出たら超神回で人生変わった」（電撃文庫）

本書に対するご意見、ご感想をお寄せください。

ファンレターあて先
〒102-8177　東京都千代田区富士見2-13-3
電撃文庫編集部
「道野クローバー先生」係
「たぴおか先生」係

本書は、2022年から2023年にカクヨムで実施された「第8回カクヨムWeb小説コンテスト」で特別賞（ラブコメ部門）を受賞した『幼馴染のVTuber配信に出たら超神回で人生変わった』を加筆・修正したものです。

電撃文庫

幼馴染のVTuber配信に出たら超神回で人生変わった

道野クローバー

2024年５月10日　初版発行

発行者　山下直久
発行　株式会社KADOKAWA
〒102-8177　東京都千代田区富士見2-13-3
0570-002-301（ナビダイヤル）
装丁者　荻窪裕司（META＋MANIERA）
印刷　株式会社暁印刷
製本　株式会社暁印刷

●お問い合わせ
https://www.kadokawa.co.jp/（「お問い合わせ」へお進みください）
※内容によっては、お答えできない場合があります。
※サポートは日本国内のみとさせていただきます。
※ Japanese text only

※定価はカバーに表示してあります。

ISBN978-4-04-915388-0　C0193　Printed in Japan

電撃文庫　https://dengekibunko.jp/

電撃文庫DIGEST　5月の新刊

発売日2024年5月10日

第30回電撃小説大賞《銀賞》受賞作
新作 **バケモノのきみに告ぐ、**
著／柳之助　イラスト／ゲソきんぐ
尋問を受けている。語るのは、心を異能に換える《アンロウ》の存在。そして4人の少女と共に戦った記憶について。いまや俺は街を混乱に陥れた大罪人。でも、希望はある。なぜか？——この『告白』を聞けばわかるさ。

私の初恋は恥ずかしすぎて誰にも言えない②
著／伏見つかさ　イラスト／かんざきひろ
「呪い」が解けた楓は「千秋への恋心はもう消えた」と嘘をつくが「新しい恋を探す」という千秋のことが気になって仕方がない。きょうだいで恋愛なんて絶対しない！　だけど……なんでこんな気持ちになるんですか！

続・魔法科高校の劣等生
メイジアン・カンパニー⑧
著／佐島 勤　イラスト／石田可奈
FAIRのロッキー・ディーンが引き起こした大規模魔法によって、サンフランシスコは一夜にして暴動に包まれた。カノープスやレナからの依頼を受け、達也はこの危機を解決するためUSNAに飛ぶ——。

ほうかごがかり3
著／甲田学人　イラスト／potg
大事な仲間を立て続けに失い、追い込まれていく残された「ほうかごがかり」。そんな時に、かかりの役割を逃れた前任者が存在していることを知り——。鬼才が放つ、恐怖と絶望が支配する"真夜中のメルヘン"第３巻。

組織の宿敵と結婚したらめちゃ甘い2
著／有象利路　イラスト／林けゐ
敵対する異能力者の組織で宿敵同士だった二人は——なぜかイチャコラ付き合った上に結婚していた！　そんな夫婦の馴れ初めは、まさかの場末の合コン会場で……これは最悪の再会から最愛を掴むまでの初恋秘話。

凡人転生の努力無双2
～赤ちゃんの頃から努力してたらいつのまにか日本の未来を背負ってました～
著／シクラメン　イラスト／夕薙
何百人もの祓魔師を葬ってきた《魔》をわずか五歳にして祓ったイツキ。小学校に入学し、イツキに対抗心を燃やす祓魔師の少女と出会い!?　努力しすぎて凡人なのに最強になっちゃった少年の痛快無双譚、学園入学編！

放課後、ファミレスで、クラスのあの子と。2
著／左リュウ　イラスト／magako
突然の小白の家出から始まった夏休みの逃避行。楽しいはずの日々も長くは続かず、小白は帰りたくない元凶である家族との対峙を余儀なくされる。けじめをつける覚悟を決めた小白に対して、紅太は——。

【恋バナ】これはトモダチの話なんだけど2 ～すぐ真っ赤になる幼馴染はキスがしたくてたまらない～
著／戸塚 陸　イラスト／白蜜柑
あの“キス”から数日。お互いに気持ちを切り替えた一方、未だに妙な気まずさが漂う日々。そんななか「トモダチが言うには、イベントは男女の仲を深めるチャンスらしい」と、乃愛が言い出して……？

ツンデレ魔女を殺せ、と女神は言った。3
著／ミサキナギ　イラスト／米白粕
「俺はステラを救い出す」女神の策略により、地下牢獄に囚われてしまったステラ。死刑必至の魔女裁判が迫るなか、女神に対抗する俺たちの前に現れたのは《救世女》と呼ばれるどこか見覚えのある少女で——。

新作 **孤独な深窓の令嬢はギャルの夢を見るか**
著／九曜　イラスト／椎名くろ
とある「事件」からクラスで浮いていた赤沢公親は、コンビニでギャル姿のクラスメイト、野添瑞希と出会う。学校では深窓の令嬢然としている彼女の意外な秘密を知ったことで、公親と瑞希の奇妙な関係が始まる——。

新作 **幼馴染のVTuber配信に出たら超神回で人生変わった**
著／道野クローバー　イラスト／たびおか
疎遠な幼馴染の誘いでVTuber配信に出演したら、バズってそのままデビュー……ってなんで！？　Vとしての新しい人生は刺激的でこれが青春ってやつなのかも……そして青春には可愛い幼馴染との恋愛も付き物で？

新作 **はじめてのゾンビ生活**
著／不破有紀　イラスト／雪下まゆ
ゾンビだって恋をする。バレンタインには好きな男の子に、ライバルより高級なチーズをあげたい。ゾンビだって未来は明るい。カウンセラーにも、政治家にも、宇宙飛行士にだってなれる——！

新作 **他校の氷姫を助けたら、お友達から始める事になりました**
著／皐月陽龍　イラスト／みすみ
平凡な高校生・海似蒼太は、ある日【氷姫】と呼ばれる他校の少女・東雲凪を痴漢から助ける。次の日、彼女に「通学中、傍にいてほしい」と頼まれて——他人に冷たいはずの彼女と過ごす、甘く溶けるような恋物語。